青春的感觉

思宇诗歌作品集

思 宇 ◎ 著

长春出版社

全国百佳图书出版单位

图书在版编目（CIP）数据

青春的感觉：思宇诗歌作品集 / 思宇著. -- 长春：
长春出版社, 2025. 1. -- ISBN 978-7-5445-7574-4

Ⅰ.I227

中国国家版本馆CIP数据核字第202475ME29号

青春的感觉——思宇诗歌作品集

著　　者　思　宇

责任编辑　周哲涵

封面设计　宁荣刚

出版发行　长春出版社

总 编 室　0431-88563443

市场营销　0431-88561180

网络营销　0431-88587345

地　　址　吉林省长春市南关区长春大街309号

邮　　编　130041

网　　址　www.cccbs.net

制　　版　长春出版社美术设计制作中心

印　　刷　长春天行健印刷有限公司

开　　本　880mm×1230mm　1/32

字　　数　218千字

印　　张　12.875

版　　次　2025年1月第1版

印　　次　2025年1月第1次印刷

定　　价　69.80元

生活·语言·感觉
——读《青春的感觉》

思宇同志：你把诗集《青春的感觉》，十年的结集，珍重地寄给我，使我感到郑重。十年来你为诗刊助编，为诗会尽力工作，风里来，雨里去，自始至终充满激情和兴趣，在这个偏僻且有些荒凉的园地里，费心殚智，为幼苗浇水，为老树折枝，耗尽了全部青春。如今，你把这凝结着"青春的感觉"的诗篇，分作六辑：《葡萄园》，《男少女的臀》，《青春的感觉》，《管，我诗的模特》，《属于北方的性格》，《乡村，布衣裙的……》，《女人的原色》，准备呈献给同时代的男女们，自别有一番滋味。

祝愿你在这心灵的交换中，引起回忆，得到共鸣，实现至高享受的愉悦。凭着你诚实的给予，

吉林大学中文系　　　（20×15=300）　　　第 1 页

生活·语言·感觉
——读《青春的感觉》
公　木

　　思宇同志：你把诗稿《青春的感觉》，十年的结集，珍重地留给我，使我感到沉重。十年来你为诗刊助编，为诗会竭力工作，风里来，雨里去，仅凭着激情和兴趣，在这个偏僻且有些荒芜的园地里，劳心殚智，为幼苗浇水，为老树折枝，献出了全部青春。如今，你把这凝结着"青春的感觉"的诗篇，分作六辑："葡萄园，少男少女的藤""青春的感觉""爱，我诗的模特""我，属于北方的性格""乡村，我希望的……""人的原色"，准备呈献给同时代的男男女女，自是别有一番滋味。祝愿你在这心灵的交流中，引起回应，得到共鸣，实现享受的愉悦。凭着你诚实的给予，理应获取合理的报偿。

　　你要我为《青春的感觉》作序，这给我压了一副担子。我问你想让我和你谈些什么？你说随便吧，谈什么都行。这就更难。我自然要先读读你的诗稿。说真格的，初读还真有点进不去。自然是由于我的感觉相对老化，因而迟钝和僵化，没有你那份青春的情绪。再细读，不知怎的被感染了，感觉青春在复活，有一种年轻人的活力在把老化、迟钝、僵化给融化，这便是诗的力量在起着作用。

> 哦　我看见她正向这里跑来
> 一不小心掉进我的语言里
> 真想叫我的语言换一种姿势
> 站在她的嘴唇上
> 委婉地表达着那串葡萄
> 与这枚圆圆的月亮相遇
> 把相思读成了她的吻
> 躲在葡萄架下叫我品尝
>
> ——《想换一种语言的姿势》

这首诗粗看没有什么艺术特点，只是一首普普通通的情诗，但待细细读来，情味却有意识或不意识地起伏着诗人的情绪，让读者随着诗人的诗情而动。这就是思宇那种青春的感觉，在其诗里的具体体现。它呈现出来的青春精神、清新敏感的韵味，回归到了你的那个年龄段上，这就是我们所说的在生命体验的基础之上诗人所构思创作的诗。形象思维与视觉思维相互渗透，互为表里，让想象与感知、认识和情感融为一体，以形成形象思维为爱的原动力，以想象为主要的创作形态，由此而完成表现诗人的那段爱与被爱的生活。

作为诗的源泉的生活，不是现成的花束，只待采撷；而是耕耘的田园，要凭创造。诗的"源泉"更不能到现成的诗的长河中去汲取，那只是"流"，不是"源"。"源"要开辟，要发掘。
这一观念是我今年读一本《诗人蔡其娇年表》才获得、才形成的。
读思宇的诗，得慢读，细细地读，重复地读。才能透过他的诗，
看一种"野性的思想"，不然的话，就无法从他的诗中言内意象
去想象、去补充、去领悟其言外的思想意蕴。

人是太阳孵出来的
太阳又被人作为一种理论
遗传给世界
变异着我的感情
在语言的监督下
长嘴的不能随便说话
随便说话的又没长嘴
也不知地球转了多少圈
我还没来得及回顾
命运就把我推上了人生的戏台
不知演的是什么角色　戏就散了
不然人间怎能把《圣经》之类当饭吃
在我的胃里消化
消化成一种精神的功能

不知是谁制造了伞
于是这伞成了一些人的天
有一双无形的手为他人擎着

让你总看不到太阳

总感觉不着月亮的存在

雨呢　在人的眼里直落泪……

——《人的原色》

　　这首诗创造的情境，从表面看不近情理、荒谬而且矛盾，但它又有确定的真实性，所谓的"穿透力"是指诗的各种要素形成一种完美秩序地有机整体时，会因语境互相渗透、折射而放射出一种冲击力，使诗具有强大的思想张力。正如法国象征主义诗人波特莱尔所说的："你先把你的情绪、欲念和愁思交给树，然后树的呻吟和摇曳也就变成你的。"这就是思宇这类诗的特点。

　　近日连续读了几篇谈论"语言转向"的文章，综合印象是指出这一"转向"乃20世纪学术史上的根本性事件，它几乎标志着人文学科各领域的根本性变革，包括新诗学的建构。就中斯特劳斯以及海德格尔最蒙青睐，从"语言本体论""语言是存在的房屋""语言是打开世界之门的钥匙"以至"诗到语言为止"争先恐后纷纷引进用来建立"思·语·诗"三维架构的"现代诗学"。写得琳琅满目，天花乱坠。不过仅凭一般常识，我们得知，西方现代哲学，除"语言转向"外，还有"实践转向"，二者基本上是并行的，有碰撞，有交错，也有互渗。我们中国"五四"新文化运动以来，作为新学，都被汲取了来，而实践唯物主义、实践哲学逐渐成为我们新文化运动的主导思想基础。在寻求人与感性世界的"联结点"上，实践当然比语言更根本，更深刻。实践论比语言学无疑更富本体意义。语言不能说明实践，相反只有通过实践才能理解语言的产生、发展以及语言的内容甚至形式。

我之所以讲了这么多语言方面的话，也想借此来谈谈《青春的感觉》的语言特色：它质朴而不失灵动，大气中又见其微处，直白里含蓄着婉转，笨拙中又富其哲思。

> 不要用蛮干再度创造"愚公精神"
> 还是多蜕些老茧子的好
> 伸出鲜嫩嫩的手
> 握住科学
> 别再笨拙地去挖什么山
> 多选择几条路
> 一步一个脚印地
> 丈量书本与土地的距离
> 再次捧着浸过的稻种
> 端详　春天　倾听着
> 往稻田地里灌水　响声哗哗
>
> ——《春天：浸稻种的表述》

诗歌语言作为独特的一门语言艺术，正被思宇逐渐地掌握，并自由地运用到他的创作中去，愈加发挥他的创造性，使语言的物质外壳完全符合精神实质，使语言在诗中产生其特有的魅力。

这本《青春的感觉》的不足之处，我觉得有些诗韵律感不强，有的词语还显得生硬，希望你在这方面多下些苦功夫，使其更为完美。

近日，正逢《绿风》创刊百期之际，索性把祝《绿风》百期的话转赠给你。你这十年苦功，不也够上"百期"了吗？我写的也算作一首小诗，题作《生活》，诗曰：

不是河——
舀一瓢连星带月，
就是没有自我。

是路——
甘苦凝作胼胝，
山水跋涉而化绿风。

绿风唤醒生活，
生活点亮月和星，
从长庚通向启明。

现趁着新鲜转赠给你，谨作纪念。

思宇来自乡下，凭着他对文学的那种执着追求和毅力，刻苦研读逻辑学、灵感学、艺术形态学、西方哲学等多门学科，尤其对思维学研究较深。进入 90 年代，他由自由体诗转入新格律体诗和漫画散文诗的创作，并引起诗界的关注，愿他在这方面的创作取得更大的成绩！他已荣获省、市总工会颁发的职工自学成才奖证书。他是我省具有实力的青年诗人。

话说的凌乱，没有主题，题目是后加上的。思宇同志，就作为聊天听我乱弹一气吧！

1995 年 3 月 19 日

公木（1910—1998），原名张松如，我国著名诗人、学者、教育家，《中国人民解放军军歌》《英雄赞歌》《东方红》词作者、中国作家协会顾问、吉林省文联名誉主席、吉林省作家协会名誉主席、全国毛泽东思想研究会名誉会长、原吉林大学副校长、吉林大学文学院名誉院长。

目　录

第二辑

青春的感觉

第三辑

爱，我诗的模特

第四辑

我，属于北方的性格

第五辑

乡村，我希望的……

第六辑

人的原色

葡萄园，少男少女的藤

袁　使我走错了门
梦　都用这扇门挡住了我
让天空失眠
　　　　　失眠在葡萄架下

葡萄园，少男少女的藤

（组诗）

想换一种语言的姿势

数不尽夜空的星星
看不清梦中的眼睛
她心灵的窗口
正在葡萄架下　半掩着
露着对春天的向往

这条长长的板凳像木马
任我约会的时间蹦来跳去
从她的足音里
听到爱也是一种忧伤
更是一种欢畅

哦　我看见她正向这里跑来

一不小心掉进我的语言里

真想叫我的语言换一种姿势

站在她的嘴唇上

委婉地表达着那串葡萄

与这枚圆圆的月亮相遇

把相思读成了她的吻

躲在葡萄架下叫我品尝

这一切呀　就是这样

让我无法解释

只好做一番青春的想象

拟不出标题的诗

不妨进入你的角色

在嫩嫩的葡萄藤上

触摸阳光

不料我的月色弥漫成

一种不知疲倦的相思

远方　那里有你的赠言

在祝福着我

我的心也在这里祝福着你

彼此都想着相守时的快意

夕阳躲在我的口哨里
使你的琴韵
感受到了葡萄园里的小径
所跟踪出的那段记忆

当你竹编的小篮子空着的时候
我的话儿直往里蹦
做了摘葡萄的姿势

我开始构思秋天
为你的诗　精心斟酌
其实你本身就是一首诗
只是还没有拟出标题

目光，延伸着葡萄藤

我的叶脉是她心形的风景
美丽出昨夜的月色
朦朦胧胧地在葡萄藤上
挂一串串童话般的眼睛

在她心灵的地平线上

我爱的视线正日落月升

给枝枝蔓蔓的青春

一个相依相偎的天空

云是擦脸的胭脂

霞是涂唇的口红

我怎么也睡不着

把她的红风衣当窗帘

搭在葡萄藤上

回避泪水浥湿的眼睛

酿造浓酒一样的语言

表述着这片葡萄园的恋情

撩开她的发丝

我方格的稿纸

一字一句地露出笑靥

书写那串酸溜溜的感情

任她的目光　去延伸葡萄藤

临窗的葡萄

八月　面对葡萄园

我敞开窗户
在你低垂的睫毛下
走进那欲滴如水的葡萄
品着　秋天的甜味

秋天的甜味
是我太浓的爱情
在憋出汗的语言里
羞得你不敢正面地看着我
躲在葡萄架下闭着眼睛陶醉

在月亮与星星的监督下
我不得不藏起来
把夜晚拉进梦里
恰好误闯了你的香闺
原来你的相思是专门为我准备的
叫我常常走神　对你总想偷窥

我无话可说了
爱是一种承诺　葡萄只是借口
为的是渲染你的青春
好接纳我这颗心　不然急得会落泪
像一串串水莹莹的葡萄闪着情的明媚

藤蔓，感情的触须

我寂寞的月光
有她柔柔的触须
延伸的夜色
长出嫩嫩的葡萄叶

嫩嫩的葡萄叶
相互遮掩着　电话
不得不拨通心灵的号码
接通葡萄藤般的线路
把缠绕的感觉诉说

沿记忆的小径
做一次思念的旅行
去回味初恋时的羞涩
是否有她的微笑挂在我的唇边
像尝葡萄一样
品到了青春的味道
再次临摹葡萄藤蔓
缠绕出感情的触须
形容着她手的细节

葡萄园，少男少女的藤
（组诗）

相思，我朝近路走

对爱　我只有无奈
不论是梦里还是梦外
不知疲倦地叫月圆月缺
为了感情只好以攻为守

相思　我朝近路走

在她的日记里我找到了自己
惹得我直失眠
看见这一段的思念
留在我的诗里
像喝着葡萄酿制的酒

相思　我朝近路走

我知道满天的星斗
不是为了算命
才在高高的天空形容着我们的眼睛
看人生的手相
相爱不是靠抽签所能得出的结论
那是两颗相融的心所获得的
同一个命运　相互的守候

相思　我朝近路走

爱，是海也是葡萄园

我的船沉了
沉在她的海底
不需任何人去打捞
爱　不是漂泊的船

也许桅杆上挂的是一种目光
不然怎会挑开那么多的云遮雾掩
叙述着这道缆绳
所模拟的葡萄藤

爬过记忆的地带感受着海的波澜

还是做一次大胆的省略吧
她的诗里有我一颗灼热的心
缀满八月的葡萄藤
骚动着那枚邮票寄来的语言

她晚归的足音
落在我的橹声里
结束寂寞的纠缠
其实　爱是海也是葡萄园
导航着她与我的船别偏离爱的航线

昨夜，我扯不住的梦

是因为她的眼睛吗
我的夜空那条潺潺的银河
波光粼粼地在葡萄叶上映着月色
来解释露珠润湿的眼窝

也许星星太逼真了我的想象
唇触的感觉藏在葡萄架下
寻找着从门缝里挤出的眼神

像记忆啄露的蛋壳
叫毛茸茸的她
在我的梦里飞成洁白的信鸽

我的那张请柬涂红了她的指甲
划破文字的诱惑在她的诗里发芽
要不我的手心儿不会这么痒
将黄纱巾系成蝴蝶结
飞飞落落地将我折磨

她握紧了我的悄悄话儿
让我的语言再鲁莽些
在她绣着喜字的衣襟上敞开我的夜

我不敢再躺在葡萄架下
站起来便又陷入爱的沼泽
再也不敢挣扎了
心　就永远属于她了

初恋时的表情

不要单凭记忆
就说那鸟巢是空的

掀开感觉的画册
会发现你　满眼飞着鸟
鸟音像那只花瓶的造型
立体地感受着音乐的激动

还是衔一缕相思筑巢
免得夜夜有孤独袭扰
一切都在葡萄藤的启发下
美丽着你初恋的表情

花瓶只是陶工的手艺
却忘了心上人的情意
不是为了欣赏
而是爱的情绪缠在葡萄藤上
再去读那只花瓶时
你会发现她心灵的风景
有你的眼睛在眨动

阳光，雨中的素描

逃离了雨天的追赶
阳光在她的足音里
写意着我感情的花伞

遮遮掩掩地露出思念

还是慢慢地走吧
免得盘根错节的藤蔓
像太阳躲进云层
雨滴一样湿了她的脸

用不着
蹑手蹑脚地站在她的床前
窥视滚热的夏天
贴近点
才能真正看清雨中的素描
是我泪水的情感

关于眼睛的故事
我还没有讲完
她就落下了泪
像雨敲着我的伞

蘸着阳光　特写着葡萄园
落着泪水　形容我的爱恋

葡萄园，少男少女的藤

（组诗）

初　恋

昨夜的风　吹醒了
花雨伞下的梦
雨是我的语言
却淋湿了　她的心

这边儿的葡萄藤上
有我的眼睛
与她的目光
缠在一起当葡萄品

哦　一串酸甜的情感
提溜着彼此的心
哦　这样的叫人温馨

像在梦里的初吻

遮在葡萄架下的羞涩

夜被星光穿透了
她的发丝垂下成幔帐
我想躲藏　又想寻找
通向我的那根爱的经络

十八岁的我就是这样
心搁浅在她的海滩上
任感情的潮水拍打着

不知为什么　我的感觉
总是起起伏伏　弥漫着相思的雾
在她的葡萄架下生出诱惑

摘一颗星斗当葡萄
采一缕月光做眼睛
望成我羞涩的表情
在她胸前隆起的高高的山峰上
正燃烧着青春的火
哦　青春期有谁能躲过

吻　我慌乱中盖下的最烫人的
邮戳
——寄给彼此心灵的包裹

缠在藤蔓上的感情

缠紧的是月色　也是阳光
在她的藤蔓上　涌着春潮

那股劲儿总让他心跳
因为在这葡萄架下
有叶子与叶子的相互干扰
使约会的时间总在生变
顺着她的心迹
转弯抹角地把爱约到

要不是昨夜的那场大风的呼啸
怎能把记忆折叠成青春的记号
十八岁的年龄　有谁不理解
相思永远是一串酸溜溜的葡萄
在她与他的嘴唇之间垂吊

我的枕畔，有一双眼睛

我的船启航了
对岸仍有她的眼睛在呼唤

夜　把她从河里捞出
将湿漉漉的梦
晾在我的枕畔

我记忆的枝头
只有她的微笑
才能长出属于我的思念

她用目光搓成绳子
捆住我的心
顺着春天的葡萄蔓
爬满星星
闪烁着感情的夜晚

哦　我的枕畔
有一双眼睛在梦中出现

月光的音乐

穿过葡萄叶的遮掩

月光如水

从天上滴下来

滴滴不断线地

滴了下来，月光扯着线绳

在我的相思里

纺织着你的歌声

葡萄叶做成的门帘

被我撩开

随徐徐的晚风

晃动你的倩影

形容月光，这视觉的音乐

被感动的心情

一刻也没有平静

爱讲不出什么理由

情牵心灵

音乐只是借口

在情不自禁中

月光如春，音乐似流水地

笑出来的眼泪
如酒一样的温情

葡萄叶，无标题的诗

摘一枚嫩绿的五月
寄给她
一个爱情的节日

他的眼睛
被葡萄叶挡住
可心看见了她藏在枕下的秘密

于是葡萄叶成了两个人的风铃
摇响了心事
在葡萄园里一句句地表达着爱意

这一串串熟透的葡萄
多像大滴大滴的雨点
打在他的眼睛上
她用手绢接住
却把悄悄话丢在葡萄架上
——一首无标题的诗
　　彼此相思的开始

音乐的情绪若月影

躲在葡萄架下偷听你
歌声的光线把我扯动
音乐表达着青春的激情
青春的激情随音乐舞动
爱让人出了一身热汗
情叫人感觉心里轻松

音乐的情调似青藤

透过目光也透过月光
这缠缠绕绕的葡萄藤
紧紧地抓住你我的神经
音乐把我们的情绪调动
你不能走出我的氛围
我不能离开你的爱情

音乐的感觉像彩虹

一阵又一阵的暴风雨
在锻炼着你我的感情
像感觉音乐一样起伏着

风起浪涌地把爱来折腾
折腾出一片情的海水
好畅游出愉悦的心情

音乐的情绪若月影

葡萄园，少男少女的藤
（组诗）

划过一个梦的世界

漂在湖上的不仅仅是她的船
也有我的思念——载着满天星斗
在她涨潮的青春里
才懂得沉沉浮浮是我和她的葡萄园

夜　放牧着我
梦　露出她的心愿
在彼此的心灵上摇动着橹
望着那感情的灯塔一闪一闪

爱　我还陌生
恨　不曾在我心里
要不没这么快登上这孤岛

我用葡萄藤试探对方的情感

留些情节叫月色搁浅我的船
在寻找着浪花——引来另一只船
划过一个梦的世界
才发现爱情需要心与心的缠缠绵绵

没有写出的月色

我没有把黑夜叫醒
梦仍睡在葡萄架下
呼噜继续　震动着牙齿
真像雷声　模拟着春季
讲着一个冻天冻地的爱情故事

夜晚　天空满是月色
我满脑子是她的影子
触发我的灵感走进她的诗里
散发闷在心里的燥热
潮涨潮落地享受青春
这不可多得的福气

星星　落在我的手上

一笔一画地写着相思

摸出她的思念把信拆开一角

摇曳成葡萄叶的遮掩

顺着来时的小路丈量

团聚与分别的距离

她的小屋忘了闩门

悄悄溜进我的渴望

她的嘴唇　散发着热气

那葡萄园在热热地接吻

不自觉地将心与心连在了一起

太阳，涂出我心灵的颜色

蜻蜓从她的童话里飞出

落在我刚刚举起的玉米秸秆上

看感情的天空

为什么生出这些翅膀

扇动着我的目光

我的酒杯在她的笑声里碰响

溢出那么多的酒劲

在彼此的脸颊上发烧

发烧　我无法回避

她撒娇时放出的热浪

只有躲进葡萄园里

任她的嘴唇长出火苗

在我的嘴唇上烤

烤得青春好痒好痒

她的舞步是我柠檬色的视线

扫描着霓虹灯看不清的地方

青春晃得像太阳

心灵的舞曲

贴紧她高高凸隆的胸脯

人似漂动的船

在浪花般的霓虹中

摇摆成火的力量

漂泊也是一种留恋

留恋也是一种漂泊

就看心中有没有海

在夜与昼的水面上折射

折射　有阳光的模仿

折射　有月色的幻想

我的思念早已在昼与夜的墙壁上
凿一扇门
不知为什么竟把自己关在了门外
睡在她的梦里
让太阳涂出我心灵的颜色
装饰着这片葡萄园
爱比什么都让人觉得心情舒畅

雨滴按摩着爱

她的微笑是甜的
我的脚步也是甜的
八月的葡萄园　腼腆得
亚当和夏娃拉上了窗帘
遮挡着她的诗
叫我的每一根神经都那么敏感

她总是隔着栅栏
叫我的假日贴错了邮票
在她藏得最严的地方
将自己的名字寄去
兑现眼角边的那滴泪
动心不已的企盼

在葡萄叶与葡萄叶之间

她的眼神多像这清爽的夜晚

在我的眸子里

酿造出亮莹莹的星星

挂一串串葡萄

垂成雨滴的模样　浪漫着秋天

风　移动她的脚步

雨　润湿我的手掌

暖洋洋地捅着伞下的腋窝

感觉被雨滴按摩的那般

是怎样躺在青春的怀里　失眠

淅淅沥沥地将相思挂在她的睫毛上

诉说喜泪所赶制的表情

　　　——这片葡萄园

葡萄架，太阳伞一样的梦

总有你的太阳

在葡萄架上

普照着叶脉一样连心的情话

没有这只蝴蝶

你的想象怎能像云儿

飘聚在她的天空之上

变幻着青春的节奏

给眼泪着上各种各样的颜色

一幅心灵的画

她投来的目光

叫你吸掉了多少支香烟

在掸落烟灰的瞬间

她的名字

从太阳伞似的葡萄架下

拨开叶子的遮挡　露出盛夏

感情不能光种植在语言里

似这片嫩嫩的青草

也需要用行动养育

不然会潮湿得像墙根儿长出的藓苔

老是躲着阳光一样的眼神

末了也没躲过别人的窥视

弄得这么的尴尬

还是大胆一些吧

走出羞涩的禁锢

挽紧芬芬芳芳的年龄

走进冰镇的夏天

感受阳光的来临

在凉爽与闷热之间

请适应爱的温差

葡萄园，少男少女的藤

（组诗）

少　女

透过万花筒和梦
星星站在芳草地上
眨着水灵灵的眼睛
认识世界

用心采集着
花瓣般芬芳的生活
她不肯擎起雨伞
叫秀发任意的飘
躲开妈妈的目光
放飞了信鸽
默默地默默地等待着
属于她的喜悦

葡萄藤上挂着一双眼睛

如着露的葡萄

窥视着她的一举一动

解释着青春

这最惹人注目的季节

梳妆台上随便着一点月色

都会使星光暗淡得那样的弱

镜子竟成了缠绕她的梦

随意的哭　随意的笑

那理由谁不清楚

因为在她鼓胀的胸脯上

瞟来那么多的眼神

神秘成夜晚的星斗

一夜一夜地在银河边眨动着

心脉，长在葡萄叶上

每条葡萄藤上都长着一双眼睛

向我微笑

使我无法拒绝

将十多平方米的居室

踮脚儿成扒窗的眺望

那片风景无法逃离
被拍摄在彩色的胶卷上
做我眼睛里的月亮
一遍遍地发着光

我只好去晾晒发霉的时间
把她的微笑方方正正地挂在墙上
免得我的记忆
显影不出她的相貌

这墙开始晃动
我的眼睛也生了翅膀
驮着秋风
将一切潮湿的文字吹干
把喜泪留言在日记上

等后人翻出我们的今天
爱会从这首诗里走出来
告诉　后人
在新生出的葡萄叶上
依旧有我和她的心脉
证明叶脉里的爱汁
在你们的血液里流淌

晚风，吻的情韵

你的足音没有留下她的地址
她的地址却给你寄来一双眼睛
顺着晚风
闪着满天星斗
在你低垂的睫毛下
有她的嘴唇送过来

一切都是为了那颗太阳
葡萄叶怎能遮住青春的欲望
在憋出汗的语言里
你们正语无伦次地表达着
这不安分的夜晚

在月亮和星星的监督下
她掰碎了白天的反光镜
将揣在怀里的心事掏出来
给你看一看　梦真的不远

丢下影子的诱惑
现实被你感情的鸽子衔走
只留下她的夜晚

飘出月色　供彼此缠绵
贴在唇边　才感觉枕畔发颤

叶脉，我心之路

夜　叫我走错了门
梦　却用这扇门挡住了我
让天空失眠
　　　　失眠在葡萄架下

只有北方的葡萄园知道我的心事
痒得语言找不到解决的办法
回味着这串葡萄的味道
在感情的簇拥下
我只好躲进你的眼睛里
捉着迷藏
没想到被你的心发现了
扣押在感情的房檐下

谁能说清
我的这枚葡萄叶
是怎样长在你感情的藤蔓上
想摆脱可又摆脱不掉

真是无法选择
也无法拒绝
这道人生的风景——所展示的图画

沿叶脉的纹络
在我心之路的绵绵细雨中
情话不再是你滚落的泪珠
而是撩拨我　风的枝枝权权

春天的这杯月色
早已斟满你少女的天空
泪是我的酒
笑是我的酒
都被这枚葡萄叶遮挡着
为爱　我只好为你走天涯

没寄走的梦

因为我贴错了邮票
将黄昏寄给夜晚
她笑了　说我傻
傻得就知道喝酒
醉在她的梦里

她的咖啡屋煮热了我的感情
沸沸腾腾成了夏天的情绪
踩着她的心事步入了童年的话题：
那一把泥泡泡儿
摔了我一脸淌泥的笑
怕妈妈看见
她忙把我拉进了柳林
擦干净了童年的故事

如今童年的云影成了雨
淋湿了她的眼睛
在我的枕畔起潮
那海岸顺着葡萄的叶脉
寻找着相思的地址

她的方手绢
晃动成我的旗语
指挥着满天的星斗
都来当眼睛阅读
写在彼此心里的情诗

黄昏，我无法走出葡萄园

她的目光如那片燃烧的飞云
在我的湖畔飘来荡去
我多想再问一问这春天
是否有我的脚步声
在敲击着她的心畔
在挥手与挥手之间
眺望成彼此的那段思念

在葡萄园里有多少回
月光晃出她的身影
我的眼睛　热泪浸湿那段往事
自己把自己打开看一看
有多少爱的诗篇表达得直白

黄昏　我无法走出葡萄园

风轻轻地轻轻地抚着葡萄叶
露珠没有噙住这夏天
这一切还没来得及思考
梦就原地踏步而至
复制着我与她的吻

让青春如此地发烫
将眼神解释成这句语言

葡萄藤忘了梦的引诱
在舞步中踩乱目光
像喝了酒　醉倒在她的笑靥里
在葡萄叶与葡萄叶之间
叫我不得不听从相思的安排

黄昏　我无法走出葡萄园

第 二 辑

青春的感觉

总是你的心绪
站在昼与夜的梳妆台前
打扮着微笑
引出那么多敏感

青春，挡不住的诱惑

（组诗）

梦的标本

黄昏忘了这座城市
路灯却站成我的记忆
明明暗暗地在梦里晃动
记着被她惦记的日子

不要踩响这块木板
我的小屋在倾听着她
前前后后所讲解的故事
那被青春含苞的花期

她的年龄躲过早潮
却没有躲过我的大海
从那翻卷的浪花上

拾到了她的眼神
拾到了大海急促的呼吸

夜被挟在我的腋下
梦依旧伸出手摸着我
让我的鲁莽失效地
藏在她的笑靥里
委婉地表达男人的意思

初恋的感受

都说你是水做的
我怎么觉得
泪是你少女的粉底
在浓妆淡抹间
初恋　羞答答地
绽放了花季

那长长的草叶
犹如阳光的纤手
抚得我藏进你的眼睛里
免得你的撒娇
把我的热汗当成胭脂涂抹

怎么打扮都是春天的延续

都说我是泥造的
你哪儿晓得
水是我青春的浮力
在漂漂泊泊中
相思　偷偷着急
还装着没事

这草叶的伸延
好似月亮的视线
有露珠莹动着我的日子
省得我的粗野
将这片草压成亲密的姿势
怎么激动都是夏天的开始

走进心域的春天

别再把那理不断的心绪
当成夜晚　盼亮了早晨
去诉说怨恨的冬天

夕阳染红了我的礁石

在海水吞没的地方露出思念
和被椰林遮住的南方
小镇的心事就是这样
将你的名字藏在我的日记里
等待着那只鸽子衔走
衔走忧愁与不安

不必回避那多云的下午
浮起一脉脉水草
选择鲜嫩嫩的水面
摇曳挂在树梢的月亮
风吹柔了我的夜晚
让我跌倒在你的路上
给你创造更多机会
把爱当成我来考验

只有把心交给你
才能听到你的足音
敲响着我的门
叫我迎接你的春天——
风吹野草般地生长着爱

吻，寄给心灵的请柬

一切都因腊月的飞雪
留下两行鲜嫩嫩的脚印
错过盖邮戳的时间
心绑架你的爱　囚住感情
踏着朔风　挂一串红红的辣椒
在屋檐下读红了思念

冬天恰似这座老房子
拒绝任何搬迁
来适应北方的情绪
回避结冻期的幻想
露出你的吻痕——
一张寄给心灵的请柬

你的吻在我刚刚长出的胡须上
像在草丛里　捉着感情的迷藏
显示着花的浪漫
像一枚酸溜溜的山楂果
就挂在你嘴唇上
叫我品出幸福的口感

落满红蝴蝶的构思

我的嘴噙住一枚草叶
却没噙住五月
沿着青春的小径继续向前
走进　落满红蝴蝶的季节
扇动着想象的翅膀
给天空带来那么多的敏感

不要借口手表丢了
急得　就说不知道时间从哪来
还是悄悄地把她约到
摆动　心的大船
镜头　拍出了海的波澜

我没碰落她的泪水
微笑　在我的记忆里长出翅膀
在刚刚拉上的窗帘上
映出　爱的剪影
露着　相互缠绵的情感

阳光漏掉所有的露珠
躲在我的伞下

她的发丝撩动着我的视线
发电　这控制不住的眩晕
将野草成片地压倒
热得夏天一个劲地冒着汗

太阳伞，少女感情的云

你撑起这把太阳伞
撑起一个如花的夏天
遮住那些不属于你的眼睛
任她的黄纱巾飘聚成浪漫的云彩

她绿色的水
是你用心做成的桨
搅乱了中午的阳光
载着她的青春划向对岸

在你的太阳伞下
拘一束她的目光
给一尘不染的情窦
摄出一个天真的笑颜
送给记忆保存
待初恋过后

再望一望天上的云彩

有一种想重温一下过去的想法

却使人这么的无奈

爱在自燃　情在滚烫

蒸得这个世界无处躲藏

只好跑到你的太阳伞下

乘凉　以安慰彼此发热的情感

换一种心情去感知

（组诗）

爱，没有挂幌的酒令

你那眼神　斟满了我的酒杯
落几滴泪　洒一桌子的感伤
印出你的嘴唇
留在我酒杯上的热量
酒劲晃动着我的年龄
和你火烧云儿的脸膛
调着你我心灵的焦距
拍摄出了彼此的酒量

爱的酒店　爱是不用挂幌的
只要抬头　酒就会摆在桌上
猜拳行着酒令
不仅仅是男人的专利

也是女人表达的方式
不信你听听我的海螺
带着酒劲朝大海方向
把爱的浪花吹得更响

你举起了这杯红红的高粱酒
一股热辣辣的情绪长了翅膀
带着北方腊月的雪花在飞翔
喝光了我所有的烦恼与忧伤
这剩下的全都是酒泡出的爱
被爱泡浓的酒喝在心里发烫

雨夜，没有约定的等待

夜　让我闭上眼睛
感觉雨从她的梦里落下
溅起满地的星光一闪一闪

我擎起这把目光的雨伞
穿街走巷地在明明暗暗的灯光里寻找
感情却被她的思念淋得夜不能眠

天　没有一颗星星

像雨点似的读着我的诗
鸽子一样在爱的天空盘旋

夜裹在感情的风衣里边
感觉着我的心跳似雨点一样敲着窗户
也敲打着她的眼睛跷着脚向外看

没有相约　可她的青春期
已闯进我的年龄
垂下相思的窗帘
遮着语言的视线
她的感情　不再只是等待

酒，守不住青春的分寸

在感情的酒桌上我的酒冒着沫
那酒劲儿真是够烈性够凶猛的
像你用目光酿制我害羞的眼神
是那样的醇美似酒蹿起了火苗
燃烧得我不知所云感觉着发晕
辨不清左右分不出东南和西北

语言斟不满酒杯

斟满酒杯的是我这颗爱你的心
以最高度的酒
温习　初吻

初吻是火辣辣的
呛人的酒劲能把眼泪给催出来
我醉得真丢人
贪杯　后悔

爱　只不过是一种醉人的酒
对饮才是相思的内容
喝酒老是一根筋　闷
可别再借酒劲
把男人的日子
过成女人们唾沫星儿里的怨恨

恨　时不时在酒里活成了泪
千万可别再滴下来了
成为一种感情酒　饮
还是躲远点好
省得咽下太苦
吐出来又怕品不出生活的滋味

不要让美丽的青春在酒中脆弱
要在饮酒中感受出青春的氛围
将酒杯做你嘴唇的样子品人心
酒飘的感觉一定会吸引着我们
这种感觉是一口口地品出来的
不可言传只能意会出她的温馨

此时的酒正是青春
最初的美
目光的门　怎能关得住
彼此的爱所释放出的酒劲

青春经过酒的点化
甩去沉重
早的恋情　不应是拖累
那是没自制力的乱犯酒瘾

爱　是两个人酿的相思
不用举杯
就会陶醉
酒　守不住青春的分寸

野　草　莓

不是为了回忆
我才掀开她的帷帘
让初夏的诗句
高一声低一声吟唱

不然　这甜甜的野草莓
怎么　像她红红的嘴唇
把胭脂涂在别人的话题里
羞红夏季的红彤彤的脸膛

请走进这片相思吧
守在她诗里的心窗
是我生在乡村长在山上
留在心里的野草莓
正蘸着莹莹的露珠品尝
在诗人的笔下幻想

爱　做了那么多的美梦
搂住她走错门的夜晚
在我的枕边不断吸烟
再也控制不住了缭绕
情　熏得月亮直发痒痒

夜，月亮宛如一枚图钉

月　不知道为啥
没了我的感觉
满天的星星成了她的眼睛
闪电般地回放着我的记忆
把这青春期的烦恼统统赶出去

月亮宛如一枚大大的图钉
把我死死地钉在她的版图上
任凭岁月在墙壁上怎样脱落
都不能将我的感情给移动
守在她的爱情里坚定不移

夜　在蒿草淹没
小野花的地方
在雪花被攥成相思的冰团
我的季节袒露着她的心绪
将这颗欲滴如醉的红豆写进诗

诗是一种想象却非常真实
不然我的语言不会这样发闷
在她的眼里变成白亮的月亮

明晃晃地滴落了爱的泪滴
润湿了彼此间的那种秘密

星，欲滴的秋水

绕过黄昏
那条小路还留有白天的余热
重温她的脚印赶制的约会地点
左一脚右一脚地跟踪
怕别人看见的夜晚

别老用眺望的眼神
守着
这扑面而来的目光
心热热地瞧着对岸
银河的水起波澜
一点一点

这时的天
一眨一眨的星星像秋水一样
在她的睫毛上与你的思念见面
前是坑后是洼地躲着
就怕夜里被人看见

你发现每天夜里
看着
梦总蹲在她的枕畔
眼巴巴地看着心事
在彼此的眸子里
一闪一闪

红豆，少男少女的风景

（组诗）

惹人的红豆

轻轻地　轻轻地
还你一个微笑
兑现命中注定的感情
叫迟到的泪水
结束青春的寂寞
爱　从此又雨过天晴

是的　有时
红豆最容易使人得病
以致病得就想私奔
或用失眠
给自己开一个治病的药方
平静一下怀春的激情

却惹来烦恼或干些蠢事
为后来的回忆添些笑料
让爱享受在相思的过程中

说心里话
谁的心里不藏有一颗红豆
在长出青春的枝头上
招来蜜蜂采蜜
甜甜蜜蜜的日子
会叫爱拥有你的一生

吻，月的唇印儿

约会在她涂满口红的嘴唇上
留下这弯弯的月牙
品那枚红豆所持有你的相思
不好意思地笑
怕点着的火控制不住燃烧的激情
吻　是彼此相思月悬的天空

夜守着你那早落晚升的月亮
怕睡着了见不着她
梦悄悄地溜进了她的眼睛里

醒着你的视觉　看清
上弦月和下弦月所合拢出的背景
吻　是相互彼此青春的动情

从心灵到心灵
这杯酒的爱情
辣辣地落在对方的舌尖上
刺激得谁都没敢睁开眼睛
欣赏对方　那害羞的表情
人醉如月　这心热的风景

野草滩的情绪

初夏　毛茸茸的绿草叶
在她的眼睛里
静静地滚动着莹莹的露珠
野草滩的情绪
让人充满诗情画意

朝霞　水灵灵的红裙裾
在我的视线上
悄悄地开放出嫩嫩的野花
野草滩的心事

就是那样叫人着急

爱　从她的酒窝里溢出
让我的感觉
在她的相思里
醉成了不省人事儿
借景生情地作情诗

梦　趁我不注意溜进来
叫她的野性
撒欢儿成女人
我真的是甘心情愿
被她关在了情感里

我这首情诗
永远是她擦不干的喜泪
绘出枕巾上的图案
形容着月圆与月缺
醒来和睡着了的心绪

往事的记忆
正为这片野草滩做导游
思念在不知不觉中

回味成另一番滋味

爱与被爱相通的灵犀

大男孩的梦

你的夏天落满了蜜蜂

采集着阳光

酿制着你感情的蜂蜜

让活蹦乱跳的心

沿夜的小径去欣赏

那片芳草地的美丽

不是为了解释什么

晾在渔网上的幻想

早已漏掉了你的泪

因为她的海域正生长着爱的珊瑚

你无法拽紧自己的记忆

在上弦月的天空

读着那片云

散散　聚聚

夜　借一间没有起出名字的小屋

躺成心事不安的季节　去发育

发育那被青春胀圆的胸脯
诱惑着你　做一场梦
解释着叫人心热的故事

少女的夏天

你的夏天就像这儿的珊瑚礁
总泡在男人的海里　澎湃着
像刚刚起盖的啤酒瓶
酒沫喷出夏天的热量
醉倒鲜嫩嫩的岁月

唯有我折叠的这只纸船在漂
漂在了你的眼睛里　起伏着
闷热的夏天需要散热
青春更需要爱的烈火
惹得少女露出羞涩

你月牙般的红发卡
镶嵌在我的记忆里
夏天期待着起潮处的海滩
留下被浪花拍打过的快乐

不会请假的相思

（组诗）

爱，涂出红指甲上的目光

不知　情
还在偷偷地躲什么
——眼睛
就这样地往前张望
急急忙忙地叫我走近
惹出　那么多的文字
在你的日记里　发痒

于是　爱
拿出最原始的姿势
——微笑
在我心灵的书案上
签署一份红红的青春

触碰　指甲上的目光
在我的眼神里　出响

我呆呆地愣在那儿
任你的手指甲　弹弄着
这无处存放的眼神
跳动得心在紧张　发慌
你的眼神似鱼钩儿
叫我不住地咬　漂儿晃
就像相思被钓上来
心无法再逃离情场

不会请假的相思

什么都要来请假
例如　这则新闻
就只差一天便永远地
睡在了你社会的
旧纸篓里当废品
等待一天天老去
难挨的寂寞真无奈

什么都不会请假

例如　你的相思

一天不差地守着青春

在情感的世界里

像蜜蜂采蜜那样

不知休息的相思

无法逃离爱的纠缠

你只好苦苦地盼

喜鹊登枝的那天

大红喜字才能剪出来

属于你的笑颜　花开心暖

因为不会请假的相思

累得埋怨自己　不够浪漫

追不上，也跑不了的眼睛

夜　悄悄地藏在了你的梦里

给月色以更透明的感觉看那彩云

倒映得眩晕　在湖水上

晃动得青春找不到了门

走近　温柔的太阳

我站在伞下

正听着你少女的心音
传递着　所有的语言
来诉说着你闷热的相思
即使我在梦中　也当你的情人

孤独　换了个角度
将我的眼神
用笔抄在你的感觉里
任心事　竹笋般穿出
在你涨潮的年龄里兴奋
不是神魂颠倒　而是情感纯真

哦　对于你的爱我真没办法
因为你总是把我装在你的眼睛里
使我追不上　也跑不掉
在骨子里坚守爱的忠贞

春天，少女的流行色

冒芽的春天
冒芽的心事
流行在大街上
像大街两边的垂柳

摆动着青春

形容着人生的花季

潇洒的年龄

浪漫的心曲

不要说破这些

一切都写在日记里

撩人的眼神

藏着一个个的秘密

那悠悠的月色

这匆匆的相识

相识成无数次梦中的

寻觅

叫青春摆出各种姿势

展示着你少女的美丽

这暖暖的阳光

那甜甜的回忆

回忆成童年过家家的

故事

让青春涌出风情万种

追赶着你少女的花期

湖的感觉

霞光
摇出桨声
在湖面上漂成一种爱的眺望
映一天湖影
波光粼粼地拾着朵朵浪花
装饰着她的记忆
感觉着湖水的涌动

岸上
他的脚印
远远近近地跟踪着她的帆影
盛一湖蓝天
淡淡浓浓地映出两颗太阳
一颗在天与水上
一颗在他和她心中

爱的解释

为了把天空灌醉
你只好将月亮甩进湖里
任思念　漂泊

飘动的是你相思里的枫叶

借一缕风

掀动挂在枝头的雪

化掉在雪地上的脚印

露出藏在我心里的花朵

一个心香的春天扑面而来

谁也回避不了的爱多像小鸟的窝

为了将夜晚叫醒

我只得把太阳抛给云朵

任爱情　　发热

总有一种莫名其妙的情绪

在惹着我

对你做着爱的独白

激动得青春无处躲藏

只好让维纳斯那只断臂

给人生留下一个完整的美

形容爱在心中如一团看不见的火

进入汛期的青春

（组诗）

爱，请别超出友情

月瘦如眉
余下来的
大都化成了泪　滴滴
滴在你的酒里　心醉

亲爱的
可别乱动手
免得风
撩她的衣裙
抖开五月的花蕾
欲放夏季的妩媚

纯情的你

你的天真
是她亲近的依据
因为纯情的友爱
才是她与你交往的开始
用诚实的方式关心着人

星稀若雨
少的那部
早已在微笑里
含成春的眼泪
这不能叫爱情
只能是一种友谊
给对方多些欣慰

不要说嘴唇
无法控制的
这不成熟的年龄
要关紧虚掩的门
免得奢望的玉兔
窜出来咬伤青春

爱　请别超出友谊
情　请要珍惜友谊

苦苦地
偷恋成一场春梦
等醒来
才知道痛的滋味

大男孩的贺卡

将春天给远方的她
带去一句祝福的话
当信鸽把友谊飞翔

飞翔
这是她少女的花香
招来的蜜蜂
酿得每个字
都是香甜的
形容着大男孩的贺卡
所释放出的能量

贺卡
依偎在她的手指上
真诚的友谊
被读在心上

激动着青春

眼泪似雨一样的滴落

莹（盈）动着春的目光

吻，月的心像

夜　不知啥时露出了月亮

梦　落在她红红的嘴唇上

甜甜蜜蜜地燃烧出我爱的流云

风风火火地激动出她情的气氛

星星疲倦了天空

天空惶惑着眼睛

眼睛多了些绿荫

绿荫挡住了月亮

她把葡萄凑到唇边

就像尝到了我的吻

不知不觉地叫她换了个姿势

在相思诱惑中做了我心上人

做了我心上人的她

吻又多了一层意思

在彼此紧闭双目的同时

都会感觉到心跳的声音

吻　上弦月与下弦月相合的天空

摄　心灵与心灵紧紧相贴的青春

面对青春的你

别再给眼睛　放那么多水

叫泪来模糊视线

无法控制着自己

误伤了青春　风来送雨

面对青春的你

花也含蕾

歌也害羞

如花似歌的心

一个劲地

想快点地

走进这爱情里

梦藏不了身　谁不晓得

那晚睡不着的你

总想要动用相思

弄了我一身　花的香气

面对青春的你

诗也激动

画也生辉

像诗若画的心

就禁不住

不再相思

错过了青春期

心事如鸟

面对 这片感情的树林

无话可说

你寂寞的月光

筛碎了黑夜 风动如窗

黑夜 心事总是如鸟般

扑棱棱地

复制飞的景象

风中的树叶 多像翅膀

天空在你的情诗里

感觉月亮在云里跑

好似青春回到从前

一切都那么的欢畅

没有爱情
该多省事
在这片感情的树林
愿在哪儿筑巢
就在哪儿筑巢
没这么多烦恼

没有爱情
该有多好
把月亮当成镜子照
再数一数星星
再瞧一瞧太阳
心里总亮堂堂

如今在我的目光里
竟多了些你的形象
心事如鸟扇着翅膀
把爱当成云彩飞翔

你真不懂事

你真不懂事
那明明是星星
却硬说是我的眼睛
害得我一宿
都没敢合眼
怕星星真变成了我的眼睛
每晚都睁着　多情

你真不懂事
这明明是眼睛
你却偏讲是我的星星
吓得我一天
都没敢出屋
怕眼睛真的成为你的星星
白天都闭着　不动

爱情这玩意儿
这儿不是
那儿也不是
就感觉得犯了一种瘾
弄得谁都没办法

不在心上筑巢
生怕孵化不出自己
　　这出壳的生命

爱情这玩意儿
那儿不对
这儿也不对
竟把开春当成了深秋
搞得智商降低了
总是心不在焉
老是弄出一些笑话
　　让人笑出了声

青春，我用诗去调情

（组诗）

怀　春

青春
总是充满了神秘
这红豆永远是闺房中
最诱人的
别人无法走进去

进去
只能是一种误会
因为这颗多情的红豆
是她专门
为我准备的相思

春天，含苞的少女

不要　这样的藏在阳光下
等待着春雪
融化掉一个冬天的拘谨
一股股的桃花水
在不住地往外涌　让人动情

别动　还是用你少女的风韵
诱惑着春天
含苞你那花季一样的名字
落在大男孩的梦里
才发觉你红扑扑的微笑
羞得这样　也没有弄懂爱情

风儿　无拘无束地抚着你
让任何天气
都无法拒绝春天的邀请
美丽着你的舞姿
俘虏男人的目光　叫人激动

不许　这样地想或那样地猜
青春的魅力

就是这样叫那么多的夜晚
都在失眠中欣赏花
含苞欲放的年龄多么好
谁都在想　再有一次这年龄

少男的春天

真不知哪棵芳草萌动了你的心
溪水沿着眼睛的方向看
在阳光与月色之间选择了思念
眺望成银河的星光闪闪
嫩嫩的梦境让那封信夹两颗红豆
落到了书案上来解释着你的春天

于是她的喜泪
像雾一样弥漫
遮着青春的栅栏将远山隔得更远
感觉你的心海已波澜壮阔成浪漫
浪泊也是一种远行
停留也是一种彼岸
就看你的世界里有没有春天
春天里的情调全都来于自感

她的脚步忘了这段路程

这段路程却歪歪扭扭地

写下你的从前

用回忆看现在

挥舞着你的手臂来启发她的语言

晃动着她的红发卡镀亮你的双眼

也许是相逢的缘故

维纳斯的那双臂膀

总让你产生太多太多的联想

叫青春总停在自己的年龄段

爱　结识相思的夜晚

梦　从此有了解释权

男孩的预感

不知为什么

总有一双撩人的眼睛

与你对视

对视成这颗相思豆

等待着你成熟的年龄

有一种欲念

就像这雨后出的彩虹
在眺望中
挨着一段临街的路
来来回回地晃动眼睛

她的朝霞与暮色
在被那座楼房挡住的文字里
写着一次次兴奋的跟踪
去预感　柔情与刚烈的情形

你以青春的情绪
纪念着她被吻痕露出的激动
逃匿着这个年龄的禁锢
感觉着　春天里的风很柔情

初潮的羞涩

年龄　总是不规规矩矩的
守得青春
藏有那么多秘密
一天天　长大着花的季节

悄悄地　悄悄地

躲开别人的视线
只有妈妈的目光
在窥探　你体格
是那样的不由自主地
感受来自初潮的困惑

谨慎　这心烦意乱的情绪
红红血脉
悄悄长出眼泪来
润湿了　欢蹦乱跳的生活

别再想入非非了
还是仔仔细细地捉摸一番
字斟句酌地修改
谁都看不懂的那部分生活
按照时间的顺序
享受着青春的幸福与快乐

花蕾　因这缕阳光
而含苞　含苞成惹人的春色
柳枝　因那片月色
而摇曳　摇曳成喜人的季节

请理解青春吧

即使萌生出一些非分的想法

那也是一种美丽的幸福岁月

顽皮得像首诗

流淌在你的血液里

害羞成今天的花朵

青春，我用诗去调情

霞色红红的云彩

在我的视线上

晃动她的倩影

重温　童年不可重返的那段美好时光

黄昏　我轻轻地挪动脚步

怕踩痛她偷偷飘来的目光

躲着　噙一枚嫩嫩的草叶

点缀　被爱情储蓄已久的微笑

青春　我用诗去调情

波光粼粼的潮水

在她的月色里

唤出我的桨声
响着　浪花与云朵在水中合奏的交响

早晨　她轻轻地拉开窗帘
惹出了我远远跷脚的眺望
靠近　撑开夏天的小花伞
云彩　素描被雨水淋湿的心窗

青春　我用诗去调情

幽香嫩嫩的花蕊
在她的脸颊上留有我的吻痕
走近　嘴唇与嘴唇贴紧的紧张
才看清爱没任何形状
从心里感觉对方

不然　冰镇的啤酒
怎能把寂寞与忧伤
溢出　冒沫的相思
享受着年轻的时光

青春　我用诗去调情

她温柔柔的夜晚
再一次收留我大大咧咧的梦
吐出　一圈圈的烟圈表达婉转
缭绕得夜连续不断地
产生相爱的幻想

多想　去重温旧梦
模仿着当初的紧张
打捞　逝去的日月
来回收那时的荒唐

青春　我用诗去调情

海，我赶着相思的早潮
（组诗）

少女的海

拾起浪花
作为远帆的韵脚
读那片彩云　涨潮的裙裾
海天一色地将理想与现实放一起
感受着万丈深水的梦幻

海　总是你的心绪
站在昼与夜的梳妆台前
打扮着微笑
引出那么多的敏感
掀起比大海还好看的感情波澜

岸　在望不到边儿地方

用阳光染蓝你的梦
赶制贝壳
那浅浅淡淡的手感
摸到浪花也摸到云彩

或许有许多文字
从你的浪花里　蹦出
漂泊于青春的区域
幻想相思
在海潮的簇拥下找到春天

海滩　谁也说不清
笑与哭
形容着那行脚印　延伸大海的
起起伏伏的情感　柔声细语
远远望去谁的心对海没有欲念

船，在感情的航线上

我的血潮
是她的大海
在心的版图上
标出爱的航线

那峥嵘的岁月
则像一艘人生的大船
运载着我的思念
开始春天的扬帆

夜的海底
有她的礁群
证明着我的梦
泪洇湿了衣衫

这翻卷的浪花
也是一种相思的语言
在感情的桅杆上
有星星一闪一闪

船，在感情的夜晚
颠颠簸簸地经受水的考验
爱，在命运的船上
摇摇晃晃地感受火的浪漫

海浴，读出少女的夏天

浪　逗笑了
这一群被海风舔湿的少女
她们从阳光里分解出那么多的故事
斑斑驳驳地
使每滴的海水都躺在她们的怀里
裸露着火辣辣的夏天的兴奋
这叫人激动的风景

云　高兴了
那汹涌的浪多像男人的手
抚摸她们的肌肤感受着夏天的热情
起起伏伏地
将感情这首抒情诗发表在大海上
任月亮去阅读凭太阳来吟诵
那让人叫好的海景

海滩上有她们的脚印
在赶制着目光的模型
浇铸出那滴相思的泪
在眼睛里形容着大海——
这一片暖洋洋的青春

多了条驶向对岸的船
海水为她们不停潮动

浪，海的情韵

她的眼睛
是我晴朗的天空
在海滩上留下两行脚印
像雁阵标出春天的走向

我的浪花
同属于她的大海
在风起云涌中学会竞争
在阳光与月色之间奔放

她的大海
是我真实的陆地
形容两颗相亲相爱的心
像蓝天上的鸽子在飞翔

她的心绪
涌动着我的大海
让夜晚成为我相思的船
梦是航标灯让爱有方向

夕阳，海的足迹

我挽着海风

伴西斜的日影

飘起了红纱巾

衬着少女羞涩的脸

我依着大海　来赴约

奔涌的浪花恰似我激情的诗篇

躲过别人的视线

她的目光多像烈烈的浓酒

醉倒了我男子汉的勇敢

泪　潮湿了幻想

沿着海的方向

寻到了昨夜的梦

梦里爱的心海如此澎湃

爱　曝光在心灵的底片上

从她瞳孔里冲洗出

青春的轮廓　衬出海的情感

波澜壮阔地染一天霞色
映红海滩上的那两行脚印
留下两行爱的语言

夜，晾在海滩上的记忆

你的呼噜声
瘙痒着船板上的月光
就像刚刚启盖的啤酒　再次地
感受着那个吻有股喷沫的力气

令她笑出声的今夜
海　枕在你的头下
成为一种失眠　寻找
被海螺吹响的相思

走进夏天的海滩
每一个脚窝
都歪歪扭扭地踏出浪花
暗示着拥抱时
揉搓着脚面与脚背的那层意思

不要做过多的解释

请她的手

再次抓住这座珊瑚礁

省得海水淹没你

载一船的苦闷和欢喜

任相思沉沉 也轻轻

留一段甜蜜的记忆

海，我赶着相思的早潮

浪花禁不住礁石的诱惑

摔碎了那么多的幻想

在月光里吻得你直撒娇

缓缓地从心底溢出滴滴喜泪

赶着相思的早潮

把早已准备好的话

讲给你听作为一种惦念的回报

等着浪花抹去

那行留在沙滩上的脚印

雾将我的视线萦绕

浪花借去我的情思

来夸赞你含泪的微笑

默默地眺望着你的天空
你默默地汇聚着我的云朵
在蓝莹莹的海上架起一叶方舟
载着青春去感受
　那摇摇晃晃的颠簸
　这起起伏伏的拥抱

朝霞本是在海滩上
你写满脚印的光线
歪歪扭扭地跟踪着我的小跑
证明着那次约会
是你踏浪的声响
伴奏着我的口哨
情潮比浪涛涌得更高

我的渴望
在你带露的花蕾上绽放
这阳光是盛满感情的啤酒
冲破盖的禁锢喷射出夏天
醉倒这忍不住的爱
比大海的波涛还激荡得不得了

一个情字

会让人不能自已地

把全身的血液燃烧

海水就像那直蹿着高儿的火苗

月如心事总朦胧

（组诗）

月色，不都在夜晚

月光倚在窗前　看着我的早晨
书案触碰着她哼出的歌
为那碗荷包蛋写生

筷子像笔　着墨不多的想象
一笔一画写出星星在我的诗里
仰望她的眼睛
是否摆上早餐尝到相思的内容

都是因为这顿早餐让我有味道
吃多了又怕她笑话我
还是把约会带到郊外
领略一下彼此之间感情的风景

这月如心事的夜

省略了那么多的零食

她拾起了我的感情

去摇醒枫叶染红的秋风

红红火火的相思挂在心灵上当眼睛

感觉远方的灯影

多像欲飞又落的蝴蝶

诱惑着月色走出她那封盖有邮戳的信

躺在蒿草地上阅读着白天一样的夜晚

一个梦连着一个梦地叫心事朦朦胧胧

少男，读不懂的梦

为了记好学习笔记

你把一节节的课程都装在心里

一有空儿就向她讲解

好像时间

是从你刚刚长出的胡须上算起的

解释着上弦月和下弦月的天空

为什么在她的眼睛里恍恍惚惚

或许忘掉的是她的梦
或许想起的都被她的梦迁移
就这样反反复复地沿着你的视线
走在那条小径上
不知不觉地碰落了悬在天空的星星
感受着带足音的召唤
是在路上谈论着彼此学习的态度

总是带点热味的年龄
你没有悟出她那篇作文的含义
却将诗的韵脚粘在她第二颗纽扣上
读着起起伏伏的青春
做着一场场的梦被她拒绝
醒来总觉得爱像一层浓雾

夜，漂泊在月色里

我的失眠
给夜空以更多的眼睛
看清楚哪条毛毛道儿
连通盆盆碗碗的晚餐

记忆的

只有你的往事
划来一条船
靠近语言
读着彼此的嘴唇——
一个热辣辣的吻
叫人吃得天旋地转

你的相思就是这样
来来回回往返在我的月色里
不然　夜
怎能像水漂出梦来
恍恍惚惚
把夜晚当白天
动起筷子
品尝我们的爱情
爱情也是一种饭

心灵的枕畔
总有两双眼睛
一双是你
一双是我
露着夜的微笑
月亮感觉饿了

吃得每顿饭都冒着汗

菊，那份温馨的情意

你　就这样趁着秋天
沾满阳光
一瓣瓣地形容
这挂在恋人脸上的笑靥

静静地
静静地把每一个夜晚
都拉进你的梦里
吐蕊展絮般地
染一身芳香　打扮着爱

深深浅浅的记忆
就像这滚在花瓣上的露珠
莹动着月圆与月缺的情感
不留一点痕迹地把忧愁带走
留下青春做伴

剩下的

都是相思　绽放着

孕育着你的青春

享受人生的花季

——这欲放的秋天

拾月亮的女孩

用眼睛撩水

撩出夜晚

伸手去拾月亮

月升月落

为相思寻找借口

将情细瞅

走近这隔着水的椰岛

用不着眺望

解释闲愁

掉在水里的月亮

把爱晃悠

掬起一捧水

水中的月亮

就在手上
是那样的感受
看着相思
是这般的害羞

南方，青春的情绪
（组诗）

踏浪，留在江边的脚印

春天的彩云
披一肩长发
在南国的江边　踏浪
追着相思的梦

那留在江边的脚印
则是她的浪花
被卷进感情的漩涡
眼前总晃动着思念的身影

青春躲在她胀圆的胸脯上
叫那么多的眼睛　发热
只有你的笑靥盛了她一脚窝的水

映出彼此心灵的彩虹

透过雾的弥漫
浪花装饰着蔚蓝的天空
和天空一样的江面
长出一串串浪花一样的笑声

是的，浪花——
通向心灵与心灵的路
在月色与阳光的折射下
才这样迷人：
　　　　　一浪高过一浪地冲动

芭蕉叶，少男的情笺

在那盖有邮戳的月下
寄走你寂寞的时间
飘动那大片大片的云
不然你怎能找到借口
说这片硕大的芭蕉叶是她避雨的伞

她相信
你的笔不会因那些闲言碎语

而睡在书案上

一行行地读出藏在文字里的误解

从从容容地接受爱与被爱的考验

沿芭蕉的叶脉　发现你正在情笺上

一字一句地描写着爱情的夜晚

爱情的夜晚盛满你的梦

流放软禁在青春里的语言

把这片硕大的芭蕉叶拉得低低

为相思遮挡着别人的窥探

夏天，少女的流行色

阳光穿过这条大街

却没有穿过她擎起的小花伞

遮遮掩掩地走进了这座城市

冰镇的啤酒按捺不住夏天的激动

喷出凉爽爽的目光

给零上三十八度的青春

以甜甜腻腻的视线

来回味着那场舞会所甩出的响笛

背对着那栋高楼

人群如潮的江畔

有她红游泳衣晃动的眼神

打捞彼此沉在水底的期待

使那片燃烧的云彩害羞得无处躲藏

只好跳进江里游出了她少女的姿势

她的夏天是青春涨潮的情绪

灼热了这富于磁性的季节

——心的风景在向世界展示

她的青春无法逃避男人的目视

椰林，雨中的抒情

雨中不知从哪

飘过来的那束目光

贴紧了她湿漉漉的衣裳

跟踪这把红红的雨伞

偷偷地摄下那收拢不住的渴望

心仿佛长了翅膀欲飞

这含泪的激动

染浓了雨中的椰林

叫每个吻都模拟成太阳

贴在了她与他的脸上

顺着雨滴去感觉椰林被风吹着

大海涨潮时的滋味

这时的雨水不用想象

再逼真也逼真不过椰子果

被划开的感觉

那酸甜酸甜的椰汁

正悠悠地漫出

像雨水一样浸湿他与她的嘴唇

不用掐指谁都会算出

相思为什么总是东躲西藏

接受雨的邀请

激动得流下了眼泪

正缓缓地淌下

似星光剪出的水影留下夜的痕

橄榄，惹出的相思

不是为了装饰梦

才把思念迁进橄榄林

为了选择更热的阳光
来温暖温暖月色
才在这棵橄榄树上筑巢
孵一孵淡黄色的橄榄果
尝一尝她的相思
为什么守不住寂寞

我走在了沙滩上
端起记忆的画板
临摹她少女那鼓胀胀的胸脯
不料被她的目光拴住了画笔
渴得太阳冒了一身热汗
滴滴变成了小小的水珠
滚落在晃动的橄榄叶上
替那扇没有关严的窗户
透风着带有野味的快乐
和快乐的野味一样生活

尽管我忘了讲那段故事
现实应夹在我的指缝间
一口口地吸着烟
一闪闪地冒着火
在我方方正正的蓝格子里

写一些含蓄或直白的诗歌

把情碰得像酒杯一样流泪
泪像酒杯一样洒一身的火
滴滴都带着爱来豪饮着
如天上的太阳被灌进肚
火烧火燎地挂在了每一个枝头上
在爱与被爱之间证明这棵橄榄树
我一见钟情的欣慰
她一见钟情的热烈

仲秋，悠悠的心绪

绕过了黄昏将约会
握在他与她的手中
痒得乡间的小路
来来回回地走在夜里
形容着这仲秋的月饼
所品出的圆圆的相思

偷偷地躲进夜色里
在那圆圆的月饼上
露出了她的齿痕

像他语无伦次的初吻
在月圆月缺时含蓄着
用心表达着爱的哲理

青春的感受
（组诗）

少女的麦地

北方
夏天的麦地
是我着墨不多的渴望
躺在画板上
任她的红裙裾
遮掩

成捆成捆地躺着
或站着像阳光一样的
麦芒
允许诗来表现
夏天

她的大胆
发育成六月的太阳
将她的嘴唇放在我的嘴唇上
使每一个微笑都沾着胭脂
就像飞出的蜜蜂
蜇疼了我的眼睛
模糊了视线

这种感觉
连夜地走进我的画室
站在感觉中
舔痒了我的语言
叫我临摹出她麦地的姿势
把美当一种风
来滚动着麦浪
热得多可爱

夏天，她欲飞的蝴蝶结

我的舌头舔热了太阳
可她的感觉却冒出汗滴
在我矮矮的睫毛上　闪耀

我蓝莹莹的天空
是她足音响起的地方
惹来那么多的眼睛
对视成山歌一样的小调
在大街上唱得夏天手舞足蹈

南方的夏天
再也按捺不住我的激动
在她涂红的手指甲上
闪动出发痒的目光
将塑在心里的雕像保护好

夏天被我剪成太阳伞下的叮咛
任她的蝴蝶结扇乎着夏天的热风
吹得我的心一阵阵地发热
寻找感情的寄托再次把爱感召
那双欲飞的翅膀抖开我的想象
将她少女的心思　含苞

柠檬色的柳树林

夕阳拉长了树影
树影重叠着你的镜头

摄下了这红红的云朵
在她舔湿的树叶上
露着初恋时的吻

你晃动的身影
多像燃烧的渔火
点亮她感情的乡村
扯出一缕缕的月光
照进记忆的家门
留下柠檬色的时间
赶柳树林里的约会
这条路离相思最近

哦　这片柠檬色的柳树林

风抚摸着她的裙裾
如潺潺的溪流
用不着摆渡
船就会自动漂过去
营造柳树林的气氛
水是柠檬色的感觉
浮动着青春

不必躲藏

也用不着袒露

相爱 本来就是这样

因为苦涩的野蒿

不再叫风儿睡着觉

在她的日记里

早已写出你是她心上的人

哦 这片柠檬色的柳树林

草稞儿，猫不住的心事

嫩嫩的心事

如初夏的草稞儿

风儿过处

一浪一浪地起伏着

起伏 草稞儿

猫不住的心事

遮挡 青春

总有朦朦胧胧的感觉

翠绿绿的阳光

着一裙裾的舞姿
柔美得草叶
摇曳得像着了火

那羞红的脸颊
忘了语言的表述
用握手的方式
传达着一种快乐

在草稞儿里摘一朵野花
插在头上
招来蝴蝶起起落落
点缀得青春似水如波

猫在草稞儿里的人儿
心也长翅膀
无拘无束地扇动
像划船　过大河

草稞儿的心事
是无法隐瞒的
一滴滴的情泪
是一滴滴的喜悦

在谈情说爱中
都愿受折磨

水一样的青春
在草稞儿中透明着……

青春的感受

梦　不知是上弦月
还是下弦月
咬圆或咬缺
醒来　原来是
那份温馨这份烦闷
把泪水绣在枕巾上
洇湿那段美好的期盼
来感觉你的青春
是否能有那么大的酒劲
醉倒了她温柔柔的心

回忆　总免不了
要翻出许多往事
踮着脚儿去眺望
眺望　彼此的心窗

是否还留有着对方的身影
站成一尊塑像在远方眺望
只是无法走近又无法离开
扯得她的视线
在你的相思里怎也留不住那滴泪

月　不管是上半夜
还是下半夜
明明暗暗地
圆缺　梦里梦外
有人或笑或哭
代表月发出的声音
于是有了月光的语言
传达着人的听觉
越是安静时心越是发毛
太静了人才觉得有魂

现在　再看残荷
才懂得时间惨苦
人人在时间面前
平等　体现出的真
什么都能做假只有时间不能
因为时间不是人能复制的

站在时间里看自己是什么
自己是一滴水
滴进水里就是一滴看不见的眼泪

孤独　谁也无法避免
只有你学会快乐
痛苦才会悄悄地从寂寞中走出
像晨风拂去夜尘一样
她那杯浓浓的咖啡
加进了你这可口的语言
坐在对面小板凳儿上
饮出一个有趣的青春
藏在她的闺房里
试着　向你撒娇或怨恨

欢聚　蜡烛点亮心灯
有了心灯的人们
幸福的感觉就会像天上的星星
永远地在望那滴情水
渴望爱时时在身边
像藏品一样越久越珍贵
越珍贵越能体现出爱
对人生的重要与宝贵

深深地吸口气吧
青春　彩云般染红早晨

怀念　不是挥手与挥手之间
就能轻轻抛弃或重新找回来
还是细细地揣摩一番吧
这再现过去感情的时刻
真够她梦绕魂牵的
那滋味
使她怎也说不清　道不明
只好用回顾　重温

爱　作为青春所特有的属性
也适合于任何年龄
天天都像过生日
悠悠的岁月可以作证
骚动的目光可以作证
因为每一个潇洒
都能让人感受到你与她的眼神
弹弄着对方
那守不住的方寸
不由自主地来到了花前月下
留下吻痕当青春的乐趣

忘记　犹如这条流逝的河水
不翻卷一个个浪就消逝不了
感情不是这样说没就没
它如风一样是看不见的
是带着声音来的
寻不到
但处处都有的　能感觉
又是摸不着　青春

恨　在爱与被爱的水上沉浮
只有适应这片水域
才能畅游出自己
拥有情感的空间生存
再次地经历新的青春
做思想上的准备
春天的种子已萌生出新的嫩芽
拱出这层土
期待着舒枝展叶
在感情的天地间需要有实劲
有种感受叫不知道累

相思，我成了她心狱的囚徒

不是所有的人
都能被关进她的心狱
成为囚徒
得犯下列的罪行：
A：相思
B：闯入她的爱区
C：躲在她的梦里
D：上了同一命运的大船
以上是她爱的法律
否则会判你无罪
永远被隔在高高的爱墙之外
徘徊和眺望是没有用的
因为墙太高
你的感情太矮
还有一条制度：只许同性探监
　　　　　　不许异性陪同

可我不知啥时
一不小心
冒犯了她的相思
被她起诉有罪行：

闯入了她的禁区

偷吃了她的禁果

躲在了她的梦里

窃走了她的心

上了她的大船

占有了她的一生

开庭那天

我揭开了她那块柔纱

她说，既然犯了她的法

就别想再狡辩

爱情是大法官

一锤定音

顿时法庭鸦雀无声

于是我只好认罪

在她命运的判决书上签上了我的名字

用一生的时间为她服刑

校园，写给青春的诗
（组诗）

青春的感觉

阳光晃动着南来的暖风
风晃绿了小草的目光
目光再度升温着青春
青春感觉月亮漂在水上

水上的月亮总用云擦泪
擦泪的云体验着忧伤
忧伤再次被相思打扰
扰得心总是产生着幻想

幻想亲吻着姑娘的脸庞
脸庞红得窜出了太阳
太阳照出一身的慌张

慌张走不出爱情的围墙

围墙是校园的一种纪律
纪律似水池任鱼游荡
游荡想体验上岸感觉
感觉青春像秒针走一样

夜，被书涂掉了颜色

夜的大船
不再为荒凉而漂泊
载着她的理想
驶进知识的海洋破浪前行

她的微笑
被每一个浪花书写
一波波地冲浪
她的书案犹如人生的航程

还是让月色做一次省略吧
涂掉黑夜的烦恼
将青春的船舷
洗涤得这样般地　与浪花一样的激动

周身的热血像浪涛奔涌　恢宏

请看一看星星变成了眼睛
一眨眨地看黑板
那如雪的笔沫
染白老师的头发　染红新一代的心灵
夜从此被书涂掉了颜色　感动

围墙外的情绪
——写给夜大、电大、函大的同学们

这一圈围墙被他们
激情地翻越
一抬脚就跨进了知识的门槛

在别人休息的时间
或假期
他们的课程表
早已用心标出红箭头
穿透白天和夜晚
叫太阳与月亮睡在一起
一梦连一梦地在他们的笔下
写出阳光明媚的春天

也许书里书外

站着他们的人生

凑近灯光

你才发现

每一个文字都是汗淋淋

收获着他们的秋天

晨读与黄昏的散步

她的连衣裙落满了红蝴蝶

在这片桦树林里

长出脆生生的声音

读给霞光听

从她昨天翻开的书本上

寻找坐在对面的世界

缠绕着常青藤

逗出她嫩嫩的笑声

因为那篇文章

读出了她少女的心韵

才如此地做了绿色的夸张

形容着人生的风景

脚下踩的都是带露的音符
跳跃在她的眼前
校园的序言和后记
发表在每天的黄昏和黎明

书签，时间的标记

书签　就这样夹在我的书里
朗读与默读的情绪
书签　一页页地跳在我眼里
间隔与断开的字序
为了多掌握知识需要暂时休息
也为了把所学的知识储存一起

我的课堂是一片田野
田野是课堂留的习题
汗水的犁在前行
智慧的锄在走动
那起起伏伏的阳光与泥浪
永远是我耕种不完的故事

我的眉宇间
我的笑靥里

只有你才能让我对过去反思
对未来提出新的思考与洞悉

在知识的面前谁都无法毕业
无法毕业就得用一生去努力
书签　这就是你含蓄的人生哲理
书签　这就是你瞧着生活的标记

大海，望穿相思的那滴眼泪

（组诗）

海，浪花的心情

有一种守候叫作隔海相望
在波起涛涌中坚守着一颗爱心

只要爱心还在就不怕风云变幻
坐岸观水就能看到天上的星辰
不仅在夜晚出现也在白天闪着
在情人的眼里你永远比水还妩媚

情深似水地坐在这儿望着
心里早就给所爱的人留个座位

静心听水准能听出浪花的感觉
看似相同的浪花其实每次卷翻

都有着个性化的那种形态变幻
千次千样万次万变的浪花的娇美

在感情的海上学会了游泳
起起伏伏中喜欢上浪花的沉稳

人有了爱情干什么都觉得有劲
像海对视着天有滋有味品着人
人在品着天与海的对视的眼神
那就是太阳和月亮相互对映的美

就这么望着有一种幸福感
被人写进诗里当作青春来保存

爱，挂一帘春梦

在夜的窗户上挂一帘春梦
月的眼神儿透过云的遮掩
羞羞答答地用眼泪偷看着
相思里的那首情诗的表情

风跳上了窗台撩动着窗帘
窗帘读出了文字里的眼睛

正眨动着红豆一般的视线
发现美是一种最亮的爱情

来形容着浪花拍岸的响声
在冲动中感觉着心的跳动
真是没办法能控制住青春
泪像雨一样成为爱的造型

相思扑面，心暖花开

相思有一种感觉叫幸福在线
像你妩媚的笑脸养着我的眼
从心灵到心灵兴奋两人的爱

爱是一朵比鲜花还芬芳的你
结一段今生今世与我的情缘
再体验一回青春重度的浪漫

浪漫得玫瑰总愿用相思扑面
一种情怀却惹来两人的思念
在月色下拥抱成了一场爱恋

爱恋的嘴唇多像含苞的蓓蕾

一瓣瓣地吻得你我心暖花开

在不知不觉中进入爱的夏天

夏天也是一种青春期的再现

似云彩飘出一朵一朵的梦幻

形容着相思这颗红豆的心愿

吻，献给情人的礼物

星星是我梦中的眼神

落在你心空的银河上

水做的星星当了情泪

一滴滴的情泪折磨人

不折磨人怎能叫爱情

没爱情的生活有啥滋味

吻　献给情人的礼物

请用嘴唇去接住了

颤动的舌尖像春雷

正释放着爱的声音

激动着　彼此的青春

爱　在梦中反复重复

挂在心空上的月亮
明晃晃地发着唇音
不慎弄出吻的动静
惊扰了　二月的初春

吻　若霜亲过的枫叶
害羞得脸膛红红的
多像发烧中的你我
想吃些凉的降降温
再次地　温习着青春

爱　真是着急往前赶
怕失约耽误了青春
像草儿春天要发芽
似秋季要收割庄稼
忙乎着　嘴唇碰嘴唇

太阳是你给我的感觉
感觉着你舌尖的劲儿
叫我浑身都发着闷热
热成相思的那种体温
正适合着你我的接吻
抖动的嘴唇在把爱滋润

红豆，如心的相思

红豆生南国南国幻化成你我
在爱情中享受用心换的快乐

如心的相思就这样带着你我
去畅游那条星光灿烂的银河

星星的浪花翻卷沉浮的岁月
岁月被红尘洗刷得没了颜色

可你我的爱情是用阳光做的
任何红尘都染不上夜的颜色

因为相爱的心本身就是红色
像月亮一样透明着爱的世界

红豆是产自心灵的一种作物
要用真诚去施肥爱才能生长

雨，眼睛的感觉

小草发芽似我想你的心情

一夜间冒出那么多的星星
泪眼汪汪地望着你的家门
盼着从门缝儿挤进我的眼睛
欣赏着春天里你少女的风情

雨洗着河岸上的那排嫩柳
如同我抚摸着你秀发一样
感受着春天花儿开的心情
相思梦惹来的云朵不断飘动
青春返回来又把你我给冲动

怕害羞我忙着躲进了云层
不料正好撞进了你的怀里
用接吻表达板不住的爱情
赶紧拉上窗帘别让人看见了
耽误了幸福交给你我的激情

大海，望穿相思的那滴眼泪

天空失眠了　　眼睁睁看着夜晚
落在大海上　　船载不动那思念
含在星星里　　望穿滴泪的双眼
眼仁都化了　　成了梦里的变幻

爱在彼此的心里面不停地回旋

泪在眼里转　没含住变成思念
一滴滴落下　月成了海的眼仁
云彩做窗帘　用雨滴遮挡着天
大地患相思　就怕长长的夜晚
独枕到天亮时的那段藕断丝连

大海起潮了　让海水站了起来
为爱情呐喊　喊得浪花跳上岸
满眼是情潮　只觉水溅了一脸
再用手一摸　原来是泪流满面
梦醒来一看是相思泪湿了枕畔

每一朵浪花　都是海水的杰作
在心里翻卷　那是云彩的语言
一波接一波　对着情人在表白
水晃得太阳　漂在大海的上面
天空大地都在用水不断地示爱

QQ 空间里的情诗

（组诗）

拨手机，也是一种相思的表达

入夜了
星星闪着泪花
那是一种相思的表达：
接手机的手在出汗
话语里有膨胀的种子
在心里一个劲儿地发芽

天亮了
手机里传来短信：
相思赶了一宿路程
累了　想在我的肩头
睡成一种爱来解乏
把对方放在心里

享受人生
岁月艳如鲜花

拨手机
也是一种对相思的表达
错过春季要珍惜秋天的开发

在梦里
太阳光晃得晃
这是一种能量的爆发
听手机的耳朵发颤
激动得好像心触了电
竟忘了用手机再说说话

梦醒了
手还在握你的手
相思在梦里撒着欢
不累　感觉像玫瑰花
让青春绽放在心中
芬芳一生的年华
你脸红了
红得好似朝霞

相思着

要用一种拨手机的方法

时时地拨通对方的心灵号码

视频，心灵的谋面

视频

我看见了青春

那水滴一样的鲜嫩嫩的媚眼

在闪动着山峰

云遮雾掩的发颤

双手捧着月亮般

我那张羞红的脸

对视

你瞧见了秋天

像一把镰刀似的月牙一闪闪

渴望着大丰收

大地丰满着情感

双眸盯紧着胸前

起起伏伏的山峦

视频

你读着我的诗
像音乐一样温暖暖的语言
在耳边的旋转
这魂牵梦绕般的
有风的手在夏天
掀动着爱的窗帘

相望
我在敲着键盘
那蹦出的文字在表达情感
比语言还有劲
似你眼睛里的火
火烧火燎着相思
今夜如梦在眼前

有一种聊天，叫谈情说爱

相思都是一样的　像难熬的夜晚
总盼着天快点亮　手机传来画面
你此时微笑着与我视着频聊着天

视频的那种感觉　好似云里天外
聊天的这种氛围　犹如风儿暖暖

又似喝醉了酒顺势倒成一片春天

心在爱情里逍遥　话儿响在耳边
像花儿一瓣瓣的　在芬芳着语言
语言美得把视频当成撒娇的场面

激动得雨点猛劲　敲着地上的水
那一片片的水泡　仿佛说着思念
顶着风淋着雨赶往车站与你见面

QQ空间里的情诗

视频的镜头下
藏着一首没发表的情诗
诗里的相思占据着 QQ 的空间
被你读得落下眼泪
滴滴成星星的情绪
一眨一眨地使着眼神

从诗里到生活中
你成了我最亲的人

诗以爱字打头

云里雾里弄得雪滴成水
滴答得月光都没明白啥叫开春
远处看是一片绿草
走近一瞧墙上有诗
一行一行地写得感人

从认识你到现在
亲人再加上心上人

爱从诗里开始
露着一句谁都不晓得的
隐喻在诗中成了一种爱的称谓
发一个抖动的窗口
看你的情是否在线
你写的诗真有相思味

从肉体再到灵魂
爱就在你诗里储存

为心灵歌唱
——找到了仓央嘉措情诗的感觉

把爱放在心上
佛会给你一种感觉

像吟诗一样

从你奔流的血液里涌出

银河一样的波光

横贯在男人与女人的生命里

诞生一种叫情的东西

指挥着相思

无论白天或夜晚都渴望

月亮转动着她的经轮

梦一宿一宿地围着你

在星光里看到前生的她

为参加你今生的诗会而赶场

诗从听觉里凿出个洞去飞翔

将情献给了她

佛一定会默默帮忙

似唱歌一般

发出心音传递爱的力量

银河汇聚着星光

透视出女人和男人生命中的

潜在着的一股股能量

吸引着对方

情不自禁地放射出光芒

太阳转动着你的经轮
诗一首一首地写着她
在梦里瞧见了今生的你
去喜马拉雅山她前生的故乡
偿还欠她前生和今世的情账

蝴　蝶

翻开天空
一页一页的彩云像生了翅膀
合上太寂寞张开又显得紧张
索性不动
爱又接受不了

还是飞吧
彩云一遍一遍地翻动着感觉
捂上眼睛从指缝间穿进害羞
不得了啦
满天竟是火苗

发痒的心
在这起起落落的相思中躲藏
春花秋草般地寻感情的目标

停下脚来
隔着翅膀在瞧

风好柔情
学着开花的样子当一回月光
感觉男人与女人相爱的美妙
闭眼一想
谁的心不涨潮

藕，形容着情感

一孔一孔的心事
就在女人的水里
泡成夏天的荷花
艳丽在男人的眼里

靠近心事的夜晚
水面浮动着相思
那些诗里的词语
含苞在月的花心里

有云彩在水上漂
也有脚在水下踩

手摸一个个的藕
不看比看还有魅力

开春的那些欲望
一孔一孔地发生
像水泡过的痕迹
别搬弄语言的梯子

形容着藕的情感
还是多听听蛙声
就会理解了男女
为啥都有青春故事

第 三 辑

爱，我诗的模特

生　是你与我相亲的缘分
死　是我和你相守的方式
同乘一条命运的大船游历人生

诗，我的妻子

命运选择了你与我
土地为我们举行婚礼
诗——你
从此成为我的妻子
那春夏秋冬
也跑来为我们祝贺：
汗水与智慧组成的家庭

这本是木犁下
犁出的生活原型：
思维不再是荒漠
理想绿了旷野
我的感情靠在你的胸脯上
从你的眼睛里
透出了我对世界不再陌生

昨天我做了一个梦
梦见我们初恋时的情景：
朝霞吻红的脸颊
月色浸出的身影
如今想起来
语言还在燃烧
因为我对你的爱
像生在一起的快活
像死在一块的永恒

我们的结合
多像一块调色板
支住我们画架的是生活
希望是多姿多彩的颜色
涂着世界的每一个角落
让彼此的人生
都美丽而生动

诗，我的妻子
你是我
感情袒露的少女
在所有人的眼里
你是青春的象征

被吻所吓跑的文字

什么都是命运的安排
安排走进你为我攒了
二十三岁的日子
我蓝蓝的空格子
才沾满了红红的胭脂
反复涂抹眼角的泪滴

月牙儿在颤动的树下
呈现出柠檬色的姿势
你给的每一个吻
都甜着我的回忆
红豆是你相思的开始
吻标记着我爱的果实

那些对爱的描写

这些对情的陈述
还没有等阅读完
被吻吓跑了出去
再也组织不成文字的描述
站也不稳躺也不下的激动
在我的唇边起伏着你的呼吸
你的呼吸里有我呼出的气息

缘　分

好柔好柔的春雪
落满了你的小径
只准许我一人独行
那锁链似的脚印儿
一环连一环地露出了你我的恋情
你我的恋情一环连一环地被跟踪

洁白洁白的青春
就像这柔柔的雪
只要两颗心一炽热
就会化成相思的泪
在你与我的脸颊上
一滴滴地缓缓而动

唉　感情这玩意儿

说简单却又那么复杂
呵　相思那小东西
论复杂却又这么简单
怎么解释都说不清
怎么琢磨都弄不懂
只好不分昼夜地守候着
怕有蛇影在心灵上晃动

爱情是一种缘分
缘分　也是爱情的一种
这缘分　我要用青春做赌注
做赌注　赢得你拥有的爱情
赢的　一定是你的一生
再加上我的一生

春天的话题

爱情　总有一种感觉
抖开　记忆的那块画布
我的画夹没有夹住这座
城市的感觉
阳光冒出嫩嫩的芽儿在
柳枝上写意
风儿送来了雁阵的鸣叫
和被拉毛衫裹住的春潮
在相思里找到自己
自己好像丢了自己

我感情的枝头
有她含苞的微笑
在月光洒满脚印的芳草
地上

有她舞动的裙裾彩云般飘逸
长出翠生生的叶子
挡住她的那次暗示
留在广场上的春天的话题：
既然相爱就不应有任何猜疑

云的写意

别这样数着雨点
快撑开那把伞
免得雨水淋湿了你的情绪

那把伞
如同我的这枚邮票
贴在你的相思处
叫刚刚起飞的飞机
再看一眼
瞬间变小的伞
多像给大地盖上的邮戳

这片美丽的云
就是你寄给我的信

每一个字都缠缠绵绵

恰似这雨滴样的泪

落在你我的心上

冬 天

不要说我的眼睛
冻住了石头
冰成了汗水和泪水
一种固体的守望

背着雨
从风的那边飘来雪
雪照成了残缺的月亮

冬天像呆若木鸡的鱼塘
我的心窗
再一次地飘进她的目光

我的语言
在她那儿丢失了

却找到了我们相识的地方

在雪雕的映衬下
友谊成了相互信任的臂膀

秋夜，我想说的

是星陪着月
还是月挽着星
两束目光两堆篝火
在夜的旷野上燃烧着

爽爽的风
热热的胸口相互触碰
不由得话儿沿着夜
述说着丰收的岁月

秋夜，我想说的

嗓音沾满起伏的心韵
在林荫道上有姑娘的背影
映在心中那首唱不完的歌

那田野上的甘露
这书桌上的思索
泛起感情的星河
渴望是一个什么
被夜裹着……

秋夜，我想说的

云的语言

初夏的情绪
把我从北国
带到南方　见你
述说云的感觉

云　飘来荡去
模拟成彼此的相思
飘在早已为你与我准备好的天空
浪漫成牛郎与织女的传说

对于爱
我不想多说一句
你也不必少说一句
剩下的都是云的语言
不多不少地占有你我

南方的初夏
总是用云来说话
汗腻腻的我
已适应了你
相爱感觉不到距离
因为彼此心中
没有一丝空隙留着

目　光

不是太阳的太阳
不是明月的明月
它，心灵的闪烁
盯紧了
一个火辣辣的希望
植在我的心窝

目光
这片憧憬的新地
激荡起岁月的浪波
带着浓浓的泥味
那是我的选择
爱吗，痴情的追索

目光

心与心的演说：
未来，是我们
汗水与智慧的雕塑

目光
这沾满血的
这沾满泪的
萌发出我人生的绿色
要不感情的波涛
怎能涌得这样的紧迫

目光
我思想的轮廓
是的
进行生的播种
也进行爱的狩猎

对了，海不是过去的日子

明明船启航了
她还在等待
感情的码头
又来了许多只船

她睁大了眼睛
还在望
直到影子变成记忆
她才知道
海不是擦泪的手绢

等待
也是一种压在船舱的誓言
太多的是无尽的变换
爱情

应是心灵与心灵汇合的海
只因对爱忠诚如山
感情才能像秋天的果实
真正蒂落在彼此的心间

读 云

那远远的　这近近的
我读懂了
如你的心绪
使空间变得很透明

一朵朵的　一朵朵的
这层缠绵
心控制不住
这一刻的爱的激动

大片大片的云
在我的视觉里
像跳动的火焰
和你对视成一种燃烧
肆意的在心空上飘动

没有预约也没有打招呼
可看的总是心灵的风景
相守着这花一样的感情
芬芳的春天　　洒一天云朵
占尽了妩媚　　也占尽风情

云 之 泪

飞机起飞了
站台
应留有你举起的手
挥动成云彩的姿势
为我送行

此时我只有用眺望
表达我对你的安慰
不管人到哪都有
一颗爱心随你而跳动

为了让我能看到
你的思念
云　在我的视线里
变幻着自己美丽的体型

我不喜欢眼泪
可爱在不知不觉中
却用眼泪在舷窗上
表达了我对你忠诚

相思，阳光般的灼人

不该走进这个年龄
这个年龄会在不知不觉中
跳进她的视线
辐射太阳一样的光芒
灼得我不敢正面与她对视
怕目光射透她羞涩的心思

无奈，还得想那种事情
只是一个人偷偷地
满足这燥热的相思
所溢出的夜色
站在阳光下
来解释男人都懂得的
不好意思说出来
只好默默地忍受下去

这时最需要一把伞

遮住我的情绪

看着她的眼睛

让我总控制不住自己

就像昨夜做的梦

把自己给丢了

醒来还沉浸在梦的氛围里

寻找自己

我总想做梦

我的思念是伸向夜的眼睛
闪烁在她的天空
一眨一眨的星星
看着梦　弯下腰
一天一个样地变换
相亲相爱的地点

去拾昨天丢失的故事
我久久地凝视
那被汗水浸湿的田垄
这被灯光照亮的书案
渐远　渐近
留下一个个有关她的心愿

顺着来的方向

她的目光如同风儿
一遍遍地抚摸着我的脸
她的语言好似雨儿
一阵阵地淋着我的诗篇

因为我的梦里
有太阳的走动
也有月亮的陪伴
其实也是她的心
枕着我的思念
把白天与夜晚
搓成缆绳　捆住情感
免得新的诱惑闯入眼帘

是她把打手势说成我的语言
却将她自己的语言藏在梦里
我看见的只有她长长的发丝
飘起青春的旋律
衬着星星　映着篝火
在爱的海上升起夜的风帆

写在婚礼上的歌

透过感情的围墙

涌进的

只有火辣辣的希望

跳上每一个人的目光

在秀发上飘

在线条上滚

呵　青春

请举起你的酒杯

用我们沸腾的血液

去抚平父辈们爬上脸的纹络

此刻

语言早已失去了表达的能力

从每个人的心底里爆发出

水一般的柔情

火一样的欢乐
眼睛对着眼睛
把婚礼看得害羞
也醉了悬天的月

是生命选择了我们
手挽着手　心连着心
越过时间与空间的障碍
获得了一个成熟的人生
向世界袒露着
生活就是我们的浓酒
饮进的　是颗太阳
那光　那热
是我们的血
是我们的汗
铸成了这爱的季节

歌唱吧
祝贺吧
来年一定是摇车
载着兴奋的岁月
聚拢着彩色的世界

写在婚礼上的诗

——贺先志、玉珉新婚之禧

爱是一种缘分
把喜字贴在五月的唇边
甜甜的感觉
吻得树叶不得不嫩嫩的
就像这洞房拉严的窗帘
不然会惹得青春
一个劲地闹洞房

同窗
那是两颗心
用目光写出的今天的佳期
亲朋
这是一片笑声
用爆竹祝贺的来年的摇篮
佳期是恩爱一生的开始
摇篮是开始一生的喜悦

1996 年 5 月 12 日

八月，太阳掉在地上的感觉

——写在黄东旭、辛锐的婚礼上

爱　有一种感觉叫幸福
就像你们俩此时的情感
让每个汗毛孔都冒太阳
散发着汗滴一样的热量

八月的感情在燃烧着
燃烧得青春火烧火燎
像太阳掉在地上一样
打着滚儿地叫爱发烫
烫在新郎新娘的心上

情　有一种享受叫快乐
好似那夏天树上的知了
为求得幸福不停地歌唱
唱得太阳赋予我们力量

八月太阳掉在了地上
你俩吸着太阳的能量
将相思幻化成了阳光
用真诚来酿制着美酒
叫爱醉在彼此的心上

2015 年 8 月 8 日

诗，我的恋人

一

从泥土中走来
落脚于我的心上
诗　在岁月的瞳孔里
一闪一闪地网住灵感
将生活打捞

苦熬　甜了我的情绪
甜蜜　香了我的睡意
用青春筑一座爱的教堂
为你的孤独　烦恼　悲伤祈祷

爱　裹在风中　淋在雨下
　　响在雷里　飘在雪上

朝着你与我心灵的方向
大踏步地迈开自己的脚

一滴水滴　一片嫩叶
一寸光阴　一方乡土
走进我的阳光和月色里
读着你的微笑——
涌起心中的情潮

诗呵　我的恋人
无法逃离你的跟踪
也无法掩饰对你的冲动
那就让我永远站在你的相思里
仰望着月亮
向生活问好

二

在生活里出生
从我心上走过来
诗　牵着时间的视线
爱激动得笔淌出泪水
让文字捡笑

静等　证明心里有你
出走　去约会的是你
再为你开着相思的小灶
叫我有信心　快乐　吹着号角

情　喜欢春风　偏爱夏雨
　　欣赏秋霜　酷爱雪暴
回归我和你精神的家园
生命旺盛得像春天的草

一棵一棵　挨着生长
一片一片　比着长高
游在你的浪花与朝霞间
看着我的树梢——
有喜鹊登枝的叫

恋人　你的诗歌
吟诵着我爱的小调
高一声低一声地表达着
我对你春天般的最美的祝福
感受着太阳
温暖的照耀

爱，我诗的模特

——致妻

茧花把你的命运
种在我的手上
逼我更紧地握住岁月的锄把
铲掉心灵上和脚底下的杂草
在宽大的垄台上长出一茬茬
又一茬茬的庄稼
诱惑着你从城市
走进乡村
获得爱情

你拍了拍我满身的尘土
抖了抖工作服上的铁屑
一筐筐地拾着丢在垄沟的茬子
一捆捆地背着秫秸行进在风中

用我带土的灶膛
燃烧着你对乡村生活的这份渴望
也燃烧着我对你那份火热的感情
并把你那细嫩嫩的小手
扣在我粗糙憨大的手上
瞧　相似的面容
看　彼此的手相
横的纹路是爱的走向
纵的纹路是情的延伸
纵横交错地牵动着同一个命运
酸甜苦辣地品尝着真爱的人生

也许是遗传的缘故吧
总爱听春的点葫芦声
就像爱听你的笑声一样
总愿站在感情的垄台上
敲着心灵的葫芦
播下这爱的春天
一步跟一步地踩着人生的格子
相信相思的种子不会被风吹干
汗水与智慧相合的命运
一定会有大丰收的人生

如果人生是一列开往远方的列车

那你与我就是两条刚铺下的铁轨

我还没有来得及按任何信号灯

你的心灵就匆匆举起绿色的旗

在乡村的田野上

为这列载着信念与理想的列车送行

风风雨雨的路程

是检验这列列车行驶的真正的性能

晃动与颠簸是无法能摆脱的

幸福也在晃动与颠簸中产生

用不着再回忆

那些历历在目的往事

正朝着我走来

你挑高书案上的油灯

叫生活的视线再度光明

光明得茅草屋朦朦胧胧

像茶水一样乡村的生活

泡浓了你做妻子的感情

兴奋着我诗敏感的神经

心的韵脚就是这样

紧扣的每一个文字

字字句句都有你的汗水和笑容

含蓄地在我的诗里
把乡村的感情表达
表达成最真切也最生动的爱情
是的 庄稼活儿
如这带露珠的禾苗
湿了你的身段
衬出朝霞般的体型
装饰着春天的田野
田野在你的催促下
像要出嫁的新娘等得不耐烦
却羞得高粱红着脸低下了头
亮出你月牙似的镰刀
勾住黄昏妩媚的姿色
收获了大地攒了一年的感情
成捆成捆地放倒站累的庄稼
那一片片茬根像星星的闪动

还是趁着夜色
伸出我的手臂做你爱的港湾
来停泊你漂泊了一天的劳累
载着一船的梦
划进我早已为你准备好的甜睡
闭着眼睛享受这劳累后的轻松

妻子　让爱
让爱做我诗的模特
妻子　叫情
叫情当我歌的造型
生是你与我相亲的缘分
死是我和你相守的方式
同乘一条命运之船游历人生
人生在爱与被爱中收获亲情

第 四 辑

我，属于北方的性格

生　生得大胆
死　死得痛快
永远站在这儿
成为北方黑土地的一角

我，属于北方的性格

（组诗）

二月，我用心展览着北方

雪还飘着
我的雪橇乘着朔风
在冻土层下
用心展览着北方——
蓄满春天的种子
在发芽　带着冰碴在生长

有谁能挡住我的血液
把这片黑土冲击成春的芳草地
我坚信雪的圣洁
寻找着属于北方的我
去实现一个个的理想

不要死守着

那荒草烧成的炭火

把一个古老的传说装进火盆里

又吸进今天的过滤嘴

在烟头上扑闪

那满足的神情

说富了　该歇歇脚儿了

我的意念该是怎样呢

失眠拉长了夜

一个省悟像抱住了太阳

呵　二月的北方

我的想象被雪埋上了

却没有埋住现实

那在田垄上延伸的希望

庄稼人的喜泪

润湿了多少人的眼睛

透过那紧闭的门窗　飞翔

夏，北方敏感的区域

是太阳赐给北方的

我暴烈的季节

在大蒲扇摇动的柳荫下
汗滚成了雨

北方的夏天
正感受着男子汉般的抚摸
顺着拔节声
让绿色膨胀着土地
这土地在每一个北方人的心底
升腾着
具有火一样的魔力

我的眼睛
抓住了北方
在大碗大碗酒一样的
烫人的黑土地上
我喝掉了全部的阳光
醉在绿色里

秋，也是一种心绪

被汗水打湿了秋天
晾在场院上
那一垛垛透明的感情

堆满北方人的喜悦

像大山一般的把云儿摩擦

扬掀上的

一双双诚实的目光

飘走了干瘪的岁月

凝重了北方人的期待

似庄稼一样将沉甸甸的秋天收下

那属于土地的爱

是北方人汗珠子摔成八瓣

形容着黑土地

再次地把青春焕发

因为秋天是北方爬满

阳光的日子

叫风沿着田垄

在北方人的心畔

风干了所有的潮湿

叫日子一天比一天的兴旺发达

秋天——

北方怀春的心绪

也是一粒粒精心挑选的种子
在我的诗里发芽

三九，我刮雄性的风

不知多少个黄昏被冻裂
不知多少个早晨被冻醒
我眨了眨眼睛
就像安徒生笔下的
卖火柴的小女孩祈求着火
我不再祈求什么
只感觉周身的热血在奔涌

黑土地呵
恰似无数双巨手
扒开所有的冰雪
让风向对准春天
一个劲儿地抒发感情

三九，我刮雄性的风

在世界的尽头
时间与空间

组成了一群群的马嘶羊叫
因为北方真的嘎巴嘎巴的冷

不必躲藏
不必袒露
像箭，想射透山
像水，想喷穿天
风呵，滚动着整个的寒冬

那野性
是一个个扯不住的梦
放大着我的瞳孔
去折射这片黑土地
大雪满山遍野的透明

我默默地，默默地
将春天等待
却丢了影子
因为这片黑土地
独占着我　滴水成冰的心情

三九，我刮雄性的风

我，属于北方的性格
（组诗）

春，北方催芽的季节

北方二月的雪封住了我的想象
可春天却在农家炕头上
冒出新芽　证实着稻种
不再是我书案上的笔墨
所能浸出的秋景

从农家选种的实验中
我的文字走出了红色的方格格
在厚厚的冻土层下
增值着我对这片黑土地的感情

黑土地般肥沃的思想
正贫穷着今天城里人

对乡村的偏见

使我这个吃苦苦菜长大的人

失眠于贫瘠的意识中

还是把种子作为

我心野的背景吧

绿色生出北方

走进黑土地还原春天　还原生命

在我的构思里

伸出阳光的手

感受着我沸腾的血

去浇灌北方催芽的节令

三伏，抹不掉的汗滴

北方数伏了

汗成了雨的季节

把锄头挂在屋檐下

用手去拔大草

晃动着我的手臂说着北方的力气

拉断了草茎没过三天

又冒出了一茬新草

糊住了我的眼睛

我耸了耸肩膀儿
对别人说这儿的土太肥了

不知什么时候
一个大学生模样的人
在我的地头上拔了许多草
量了草根　看了草叶
带着三根不同模样的草走了
我笑了

第二年北方又数伏了
雨成了汗的季节
我又把锄头挂在屋檐下
用手去拔大草
晃动着眼睛说草比我的胳臂还有劲儿
三伏天冒的汗太多了

不知啥时
那个大学生模样的人又来了
忙乎了一阵没说一句话走了
没过三天我地头的草没了
我哭了……

对别人说
还是喝墨水的好呵
雨　不是汗所能抹掉的
三伏是令人深思的

秋，太阳的颜色

北方的秋天就是这样
像女人刚刚进入哺乳期的乳房
鼓胀得太阳滴下了金色的目光
堆满场院
任石磙子去碾　凭岁月来装
风　飘走干瘪的季节

从那扎紧的口袋嘴上
乡民们的愁容早在笑魇里晒干
站在秋风的尽头
饱览北方黑土地的感情
一个让人思索的时节

茧花凋谢了那么多贫穷
秋天的秤砣被汗水挑得老高老高
粮库的门口

一条带汗的长龙被马蹄踏响

走进太阳与月亮之间

把干得巴巴作响的粮食

献给祖国

于是北方的秋翻

将土地的诺言

发表在每一个乡民的心里

述说太阳的颜色

三九，北方感情的火

北方　这里的水

是站着的童话

冰雕家早已把北方的生活

融进冰里

展览着大自然与人的和谐

我的雪橇

穿过大片大片的松树林

让风啄透这雪的原野

羊皮袄儿怎能裹住我

我浑身在发热
不信　你看
汗水浸出的冰层
像披了一身的盔甲
显示北方的性格

我的故事还没有发生
三九便长出翅膀
在我的窗户镜上进行着艺术夸张
那银裹素装的树挂
则是长在空中的棉花
一串串地袒露着北方的欢乐

于是北方的老人
把这串红红的糖葫芦
叫喊成旋转的太阳
出售给带着冰碴的嘴唇
叫你品出北方的三九
多么让人心动的季节

雪淹没了我的膝盖
却没有淹没我的意志
跋涉成滴水成冰的北方

融化我的青春

和被青春暖热的太阳

此刻　谁的心中不燃一团火

我，属于北方的性格

（组诗）

春，爬上这片土坡

扶起木犁，我的前前后后
都是吸不尽的泥香
赶着霞光
在老花牛的喘息下
我亮出手掌，一层层老茧
一层层叹息成了父辈们的唠叨：
光知道死啃书本
不知道与实际相结合
我脸红了，我在思索着……

我举起像蛇一样的鞭子
落在老花牛身上
让它围着太阳转

自己要走出旧的车辙

猛然看见我那刚学会走路的女儿
正在垄台上玩着不倒翁
嘴里不住地叫着"怕怕"（爸爸）
我的眼角涌出一汪泪
润湿了我的记忆
深信，勤是能补拙的

这泪成了种子
播进田里
于是，在我的心中冒出新芽
拱破书本儿的土层
从我木犁一样的笔杆下
春，爬上这片土坡

雨，我绿色的主题

不忍看见干渴
龟裂的土地
永不属于北方
风从这里聚起
洒下一片亮晶晶的思索

像热泪

似喜泪

用不着这么多的语言来形容

我端详了许久

北方的夏天仍是绿色的火

点燃每一滴汗水

每一滴汗水又都是绿色的燃烧

一滴滴感觉北方的热

一双老茧的手

捧着那古老的生活

从雨缝中滑落

北方的雨呵

在我湿漉漉的瞳孔里

升腾着绿色

绿色在雨的启发下

流一河的水

急急忙忙地漂一河太阳

追赶北方的季节

是的，从夏天开始

我的灵魂

就信守着雨

一片片地旺盛着绿色

秋，也丰收着感情

场院上的石碌子
碾圆了月光
有谁不清楚这心炉的燃烧
那堆如火的高粱垛后
藏着她的微笑
和被苞米叶裹住的纸条
把约会的时间推迟

风从父亲那扬起的木锨上吹起
夜在母亲的门灶里发亮
小村的故事就是这样开始

她从筛出的谷壳上
省略了全部的叹息
在选出的种子里让我去猜她的秘密
她的秘密也像种子
播进了我的心田
只等着开春的雨
发芽在彼此的相思里

我笑了，伸出两只手
她只呢喃一声
扎紧最后一个麻袋嘴
一溜烟跑进我的诗里
吟着秋的甜意

三九，冻不僵我的想象

我的足音飘进雪里
一切都像春天
咯吱咯吱地错过怯弱的季节
我没有把风筝放飞
想象却像画布一样抖开北方
这一眼望不到边的皑皑白雪
人也是其中的一种风景

夜的路不平
我倚着梦靠紧月亮的栅栏
嘲笑着抽闷烟的人
为什么不去喝酒
把冬天灌醉
撩起挂满霜的帽檐
我的睫毛被风吹成雪柳似的枝条

装点着北方的严冬

因为稿纸早已铺成大地
不知什么是表情
只知道感情是人的需要
一字一句地写出三九的心情

朔风，男性的信徒
挥动着北方的大树的枝枝杈杈
诉说对这片黑土地所下的决心
那片白色的流云就是我奔走的象征
天涯海角地把自己当成风

世界本应是男人和女人
构成三九的过程
干些让人出汗的事情
来解释人间的春夏秋冬
谁都无法不按时间去度人生

我，属于北方的性格
（组诗）

粗声粗气的风

我选择了这片黑油油的土地
从胸膛里腾出一群群野马
奔跑成太阳
在天与地之间旋转

从前我是烧过香和纸钱儿的
以祈求让庄稼长得更好
可是一不小心烤焦了思想
现在仍有人在怀疑我
我只好裸光身子，丢下眼睛
将人与土地的距离缩短

不知什么时候我也成了庄稼汉

一抬脚跨过一片荒原
我知道这片荒原是先辈们丢下的白手套
今天怎能还戴着它掌握土地的命运
创造痛苦与伤感

让每个毛孔都长满芨芨草
让每根神经都是绿色的呼吸
甩掉我腰间那晃动的酒壶
在种子的监督下让土地长出春天
叫风带着太阳走进垄沟垄台
去发育北方这带着雨声的家园

不要踱来踱去
把黄昏与早晨放在一起
去感觉人的存在
或从书本里找到土坷垃的正宗
就像父亲痛恨自己为什么
贫穷总穿着自己的衣服碰到春天
我认识的土层拱破思想的外壳
在太阳的诱惑下，我懂得了风
——我粗声粗气的北方
刻画出黑土地的春天

雷，我心中的诗韵

我死在没有生命的年代
风吹，雨淋
日晒，月照
雾裹，雪埋
雷把我诞生
诞生成又一茬新的生命
倾听岁月的音乐

我的呼吸原是绿色的拔节声
落在这片黑土地上
砸响夏天
以感应电的嗓门
是如何喊漏天空的

汗滴滴的滚动
水的风景：
落地为雨
升天为云
叩响我的大门
见太阳和月亮正在抹眼泪
受感动的心情无法用语言诉说

站在黑土地上的我
蹚过玉米叶高粱叶的覆盖
在灌满阳光的肩头上
我找到了那么多的花粉
受孕给北方
繁殖出诗歌
朗读给一切生命来听
从此黑土地不再沉默

我敞开衣襟
雷，从我的心律里
分娩出诗的身躯
那声哭啼
作为地球这根神经的反射
——人的听觉
是那束闪光的默契
抵达于我的眼睛里
平平仄仄的韵调
是天空的掌声，震落了雨点
密集的雨点汇成了大江大河

雨，淋透我的梦

风吹着我
如一串串雨丝织成我的心绪
伏在阳光下晒干潮湿的秋天

我雨点的动静儿
是大地大喊的一声：开镰
月牙，便掀起稻浪的大潮
闪动鼓胀的肌腱
闪动高高隆起的胸脯
割倒春天流了那么多汗的期盼
给北方一个喜悦堆满了场院

是的，从前我是这样满足过
可面对今天
我的梦流出了泪
摔碎一切虚幻的泡影
在石碌还在响的今天
我的心像勒紧缰绳的野马
蹄下扬起一阵阵焦虑与忧愁的尘土
在那些蓝眼珠闪动的电键上
我的思想干渴得直冒烟儿

呵，秋天我是多么的渴望
像春天那样开始对这片黑土地的构想
请变换一下思维的角度
露出生命的根系
重新辨认一下土地的脉络
再次地从扬掀上扬起金色的雨点

我失眠了，我们是丰收了
但科学怎能只在原地踏步
叫茧花总开在汗水里
还是叫汗水浇开科学的大脑
富裕的大门就会不叩自动向我们敞开

雪，闷热的情绪

风扬起了鞭子
甩干了所有的水
在我的脚下咯吱咯吱地踏成飘动的雪
把北方的季节重新寻找

冰，冻住了时间
让太阳嫁给男性的岁月
叫月亮赋予女性的柔情

露出世界的全部：
生，生得大胆
死，死得痛快
永远站在这儿
成为北方黑土地的一角

北方阳光石头般的硬
在冻土层下憋足种子的欲望
飘下那么多的雪花
追赶着土地，追赶着太阳
倒下的是河边挂霜的枯草
撬开北方的缝隙
如同梦境被夜守护着
没有一具僵硬的尸体
象征着我的幻觉
从出汗的毛孔里爬出
零下四十多度的冰碴
这就是七情六欲的北方
皑皑白雪是这里的荣耀

北方，我摸到了春天的额头
我的心开始萌芽
从蚂蚁的巢穴里

我体会到了生命的力量
因为雪正放牧着北方的感情
任你怎样驮也驮不走我的想象
——雪是人间吉祥的征兆

我，属于北方的性格
（组诗）

风，陈述着北方

北方，开春了
那黑黑的土地上
覆盖着一层残雪
暖着田野
这湿润的墒情
准会引来大风
顺着垄沟与垄台狂嚎

这带冰碴的狂嚎
大树小树都摇头晃脑地叼住阳光
像吃抻面
嘟喽着热量把自己喂饱

像犁铧把大地翻滚成泥浪
起起伏伏地跳动着人们的视线
那看不见的手将世界弄响
用一种个性的语言
陈述着北方，铆足劲儿地奔跑

种子在阳光的指引下
随播种机和土地接壤
接壤，那是发芽的需要
一茬茬的庄稼
在一年一年的劳作中
写出一首首诗在北方的版面上发表
让农民读出土地的平平仄仄的韵脚
盼着下场大风再能唱高北方的腔调

响雷，北方的嗓门

北方的嗓门么
就是这么的响

不然我的心律
怎能与泥土谐音
膨胀着北方这片黑油油的土地

涌动麦波

滚动稻浪

我不住地在想

山的名字

河的流向

海的容量……

为什么都能在我的那捧雨水里

包含有这么多雷的声响

在我透明的记忆里

夏天删繁就简地以雨的方式

喊出大地与天空的口型

对准北方使劲儿地撞

因为太阳跑得太快

云儿才把雷晃得这么响

不速之客的雷

没有一生

只有像私奔似的

躲避着人们

在大地上急促的呼吸

吸进太阳

吐出绿色
用惊魂动魄的掌声
感谢着北方

镰刀，月牙的韵脚

月牙
平平仄仄地把镰刀形容
一遍遍地抚摸着庄稼
像阳光一样
手之声音
亲切得叫你为之而激动
顺着垄沟，品着流汗的味道
那一闪一闪的光泽
犹如闪光灯拉开的快门
摄下了我对秋的手感
四处萦绕着的都是镰刀的故事
这是月牙对泥土的一种喧嚣

面对秋天
总有一种收获的欲望
被月牙省略成镰刀的内容
成捆成捆地放倒站累的庄稼

秧棵儿都学会了睡大觉

一声声
弯弯的月牙
惹得一垄垄的感情
做了北方的粮囤
高大得直向天空炫耀

我就认定了秋天的酒酿得最醇最浓
不然庄稼怎么能会全都醉倒
像诗一样
吟诵出秋天的韵脚

白胡须，飘动的腊月

在北方
谁也逃不出腊月的飞雪
就像那蛇蜕皮一样
形容着冻得龇牙咧嘴的冬天

朔风扛着了我的腿
叽里咕噜地掉进雪里
感觉着贫血的太阳

伸手就会被抓痛
裹在老羊皮袄里的身子
看着这口呼出的空气
成了挂在睫毛上的霜
染白北方的视线

冰碴就在嘴边生出
也许是男人的胡须所至
也许是女人的秀发所为
总之，雪的颜色
深一脚浅一脚地
嘎吱嘎吱地听着腊月的动静儿
雪飘得像冒出的烟

踏上无尘的腊月
雪，便有了人的情感
款款地挨着这片黑黑的土地
飘着我的白胡须
经历着年复一年的大雪咆天

我，属于北方的性格

（组诗）

山，隆起北方的血性

不知什么时候起大地凸隆着风的雨的雷的雪的故事把岁月高高耸起
我的语言我的心律都属于北方春的妩媚夏的绚丽秋的粗犷冬的庄重
沿着春天的目光去延伸太阳延伸月亮延伸希望延伸北方
空有感情的燃烧空有悲哀的生成来禅悟北方的山山岭岭
路弯弯曲曲地盘旋在云端雾里像蛇一样绕成这通向蓝天的一道风景
用心垒起的横在时间与空间之间北方的思想北方的精神北方的生命

按捺不住北方的激动在季风里与山峰飞泻的流云产生着无限的变幻
来不及思考的一切都在我的墨迹里亮着心灵与心灵相互支撑的人生
轰轰烈烈地高高地举起世界去表现人生表现爱情表现永恒
是山脉也是血脉凝成黄色皮肤的意志塑造了北方人的个性
只有对人类做出贡献的人佩在高天厚土面前被后人立成丰碑来敬仰
一声声的呼唤一层层的绿染使得每一块土地每一泽山水都具有灵性

交织的风交织的雨交织的霜交织的雪倒下的是历史站起来的是今天
大大方方地看着白雪皑皑的山峰在用松涛般的嗓门为春天即兴抒情
在亚细亚的大陆上一个轰隆隆的山脉起伏着人们的视线
痴情的迷恋着北方追溯着世界的源头寻找人与人的踪影
什么是人的灵魂过去我曾无数次地发问她为什么要这样的选择北方
去澄清去澄清爱与被爱的起因用人的灵性见证着山隆起的北方血性

我，放牧着草原上的季节

也许因为白云的缘故羊群荡起白色的浪波在草原上滚淌
也许绿色为了寻找它丢失的故事浩浩荡荡地把小草茂盛
也许是蒙古包里大碗大碗的老酒相碰发出的响声在飘荡
也许是风铃的沉默被夹在雨缝间让岁月的风沙打得有声
从马蹄下的土地到老鹰盘旋的天空再从牧羊女的放牧到春天的歌唱
在城里一到雨天有许多人为我撑一把把雨伞可仍淋湿了我诗的灵性
正是草原的一阵阵大雨倾泻了我的相思我的怀恋我的温馨我的豪情
在噼噼叭叭爆响烤全羊的杨木马架上在咕咚咚地喝马奶酒的酒兴中

雕成了草原的古朴而倔强的性格也融进了我的心绪在羊群中奔跑
奔跑一片片白皑皑的生命一群群羊里有一条红头巾在我心中飘动

从你那冒着热气的奶茶款待中我读懂了那个眼神的意思

我放牧着草原的季节里所包含的你风风火火的那般感情
谁的心境不像初升的太阳那样暖暖融融地叫爱轻轻松松
还没来得及表达对你的那份情感一阵风把我的情梦吹醒
请原谅过去我对牧羊女的叙述总是将你对我的爱对准寒冷对准寂寞
我会写诗我会作画我会练书法我更会骑在牛身上自由自在欣赏风景
而今草原的故事里才有了我才有了你才有了草原的马蹄踏出的歌声
拿起长长的套马杆子套住草原上的二十四个节气所推演的雷雨雪风

我大口大口地吸着草原上的空气借着满天的星斗说着心里的情话
于是我们的目光穿过语言的围墙在草原上放牧着属于北方的爱情

森林，有我一片绿色的火在燃烧

浓得不能再浓了绿得不能再绿了我越过语言的障碍走进了北方
我的热血正沸腾着所有的目光从心底里爆发出一个民族的力量
我走进大森林捧出自己的心去凝固大地去凝固蓝天去敞开世界
我走出大森林撕开沉睡的梦用绿色和希望去装裱先人们的想象

起伏的大地澎湃的心潮在浓重的乡音里袒露着北方强悍与粗犷
雷一样的响火一样的烧我的思绪紧紧地紧紧地扣住辽阔的北方
不要停下我的灵魂是从泥土中诞生又在泥土中轰轰烈烈地成长
必须前进那绿油油的山脉这白亮亮的河水都在拍击和冲撞我的心岸
侧耳倾听耸身瞭望森林是怎样在声音里绘出彩色在彩色中标出声响

穿过感情的迷茫苦苦寻觅用生命雕成的大地泛起绿莹莹的森林风光

森林在展示展示北方博大的胸怀和暴起在阳光下的裸露的树根
系着我凝重的思索与追求都在汗淋淋的泥土上伸枝展叶地生长
顺着季风的方向蔓延着转动历史的年轮穿越岁月抵达我的心上
连我的呼吸都发热地渗出南方雨点似的汗珠滚动在脊背上折射阳光
我枕着大地思考人的大脑为什么会酿造出诗歌的形象在森林里飞翔
有人说世界充满污秽和肮脏我说请你瞧一瞧广袤富有的欢乐的北方

你将带着喜悦重新把世界打量捏一把泥土对准太阳把自己塑造
请不要说我总是睁不开眼睛因为我心中有一片凝重的火在燃烧
兴奋和激动早已在森林里幻化成鸟语落在枝枝杈杈上歌唱春天
是的面对北方面对北方的森林一种绿色的信念把我冶炼成太阳

河，我流淌的诗韵

是感情的合拍才把大地与天空透明的灵魂唱给北方这河的流淌
奔腾的只有属于北方一脉脉山岭一座座乡村一片片草地的风貌
在阳光与浪花之间奏一支心曲和足音带着春天一个调门地向大地呼号
在月色和帆影的衬托下渔歌的嗓音有着秋天的情调将丰收的喜悦炫耀
流淌的河流生活的原色让命运涂在我们每一个人身上闪闪亮亮
流淌也是一种生命的呼唤在黑土地带穿过咆哮着火一样的浪涛

这奔流的大河是我高高山峰的眺望从一片飞云到另一片飞云
暗喻着河水按季节的时序轻重缓急地使北方黑土地得到滋养
雾蒙蒙的河面我听见水鸟的歌唱和鱼儿跃出水面的轻轻的声响
北方的河呵　我狂刮的大风在不住地大声在吼叫在吼叫在吼叫
北方的河呵　我倾盆的暴雨在不停地往下在猛浇在猛浇在猛浇

都说春天是醉醺醺的就像人站在水与阳光之间最容易产生联想
我的脉管里流的是血我的目光里存的是河水一脉富饶一方多娇
带上我的童心与希望走进北方的土地与北方的河流汇合成春天的奔跑
这故事是只船载着我在河上听到浪花的声响像听到诗韵在脉管里流淌
一触冰凌化春水引来雁鸣惊走冷风温柔得大树又一次为鸟筑巢
粗鲁的北风也被细雨淋得温情了许多一劲地想叫河水重新涨潮

那淡远的山色是我哗哗流淌的思绪从一个季节到另一个季节
在今天与明天之间卷起人与泥所滚成的世界在河内河外逍遥
透过浪花的拍击我看到了维纳斯正用她那残缺的手臂挽着太阳
北方的河呵　我柔韧的心瓣上闪动的露珠在滑动在滑动在滑动
北方的河呵　我粗犷的声音里跳动的心律在燃烧在燃烧在燃烧

第 五 辑

乡村，我希望的……

不料我的笔长了腿
走出文字的禁锢
和我面对面地站着
原原本本地
叙述土地与人的存在情形

乡村，我希望的……

（组诗）

春天：浸稻种的表述

阳光总想早点发绿
于是　北方的三月
水也暖暖的
暖暖的水浸了一缸缸的稻种
被一双双手抚摸着春天
在抚摸中　那快感的膨胀
是稻种攒了一冬的激情
在这儿提前发芽

北方　缓缓上升的地气
还带着冰碴儿
走进我的诗里
让那些无聊的文字

都失去自己的能量

只剩稻种在农人的眼睛里

长出显微镜的瞳孔

放大它的原形

看清稻种的器官

解释着土地的变化

不要用蛮干再度创造"愚公精神"

还是多蜕些老茧子的好

伸出鲜嫩嫩的手

握住科学

别再笨拙地去挖什么山

多选择几条路

一步一个脚印地

丈量书本与土地的距离

再次捧着浸过的稻种

端详　春天　倾听着

往稻田地里灌水　响声哗哗

默读夏天

作为六月的北方

我没有找到更多的话题

讨论云彩为什么
总是膨胀着空气
蒸得我直冒热汗
累得手绢
画出酸酸的饹饹印儿
再次盼着雨天连绵

默读夏天

这时田野拿出它最敏感的触觉
贪婪地吐着绿色
唯恐阳光喂不饱
它的庄稼
朝着这片肥沃的土地
把无数个闷热的日子
潮动着我的视线

默读夏天

我的想象被这个季节
根植于泥土中
是这样的千丝万缕
魂牵梦绕般地躺在绿荫处

小憩一下庄稼人对太阳的那份激动
来回味　生的热烈
去体验　死的轮换

默读夏天

倾听秋天

以手的方式
倾听秋天
在汗珠里分泌出镰刀的情绪
闪动成捆成捆的
捆紧的庄稼

耳边　也总是月牙的心音
晃动着镰刀的形象
诉说被放倒的秋天
如何使这垄沟和垄台
弹着阳光的琴弦
拨响我对土地的感情

这片豆茬或高粱茬
或苞米茬或别的什么庄稼茬

如繁星点点
衬出车与车所载着的
一春一夏的汗水
沿着车辙
就能听到农人的笑声
像爆开的黄豆荚
金灿灿的
在我的眼睛里流出泪水
形容着秋天的激动

冬天的情绪

像蚂蚁搬家
组成一列列纵队
从天而降
啄白了这北方的世界

北风　独站在大树上
晃动出月影
寻找我这若明若暗的烟头
吸着大口大口的辣烟
呛得冬天
不敢再滴下一滴水

来融化挂在房檐上的冰溜儿
冰溜儿露出冬天的牙齿
咬痛你的手脚
霜挂满了前额

这时的太阳是最裸的
不含任何水分
素描着大地
炫耀着银色的北方
是如何睡着的
等待雁阵
排出人字形的天空
用那行带残雪的脚印
来回忆冬天
风冷冰裂地再雕塑日月

乡村，我希望的……

（组诗）

泥土，埋不住的春情

不知是哪场雪融化了冬天

蚯蚓游活了地气

触着春风掠过的田垄

叫那么多的经络都兴奋起来

透过阳光的蒸发

那晒在脊梁上的汗水　亮出

这粗糙而憨厚的形象——我的乡民

把自己的命运作为黑土地的背景

那被岁月抛弃的

一块块龟裂的土地

正在他们手中　成为种子

在今天的思想里冒出绿色的芽儿
嫁接出由书本到泥土的情节
缩短木犁和电键的距离
把古老的耕作送进博物馆
展览着乡村人　土生土长的历程

燕儿衔一嘴溪沙与溪泥
泥成了我这泥色的乡情
在雏燕儿还没有退净的黄嘴丫上
我的诗早已张开大嘴
衔走春天对夏天的过程

躺下便是小憩甜睡的垄台
枕着童年的毛毛道儿
寻找在野蒿丛中捉迷藏的内容
不料我的笔长了腿
走出文字的禁锢
与我面对面地站着
原原本本地叙述土地与人的存在情形

望着远处的山　在飘
看着近处的水　在动
我抚摸着泥土

如同抚摸着乡民含泪的目光
我全身的汗毛孔都长出了眼睛
数着乡民播下的麦种
春欲　沸腾了我周身的血
为了不让干旱的思想在今天的村庄落户
乡民正把科学二字攥在手心
冒出汗来发酵落后与贫穷

泥土在雨滴刚刚砸响的脚面上
膨胀着被春光染绿的节令
腐蚀着枯枝与落叶
像重新搭起的瓜棚一样　守着禾苗
盼着今年有一个好的墒情

驮着太阳　背着月亮
追赶男人与女人的时间
从此在这儿　这片黑土地之上
诞生了乡民的过去　现在　未来
不管是过去　还是现在　还是未来
乡民对土地的那份爱　还是这般的真诚

玉米，刚刚吐缨的时节

总有一种情绪在翘首眺望
这不知疲倦的疯生
诱惑着我的书本挡住玉米叶
玉米叶却在我的书本里起了光合作用
纷呈着北方的颜色
叫刚刚吐出红缨的雌蕊粘住乡民的眼神
让刚刚散开天花的雄蕊抖落乡民的忧愁
为这片黑油油的土地受孕

带着青春期的汗味
这摩肩擦臂的玉米叶
遮遮掩掩地招来那么多的村民
分泌出馨香的乡情
我就站在这儿端详着
穿过多雨的玉米地
走过去一看还是玉米地
连接着我土生土长的命运

风　趴在我的笔下
使出全身的力气
也没弄明白庄稼人

为什么会酷爱炎热
和被炎热蒸得你不敢再多看一眼的太阳
雨就顺着垄沟跟着你的双脚
走进那叫人心满意足的夏天
只有在这时我的诗才摸到了
玉米缨裸露的感情
和被感情裸露的乡民

夏天无休止的暴晒
我黑红黑红的皮肤衬得玉米叶越发翠绿
每一片叶子都清新得使你无法回避
这泛着红润的玉米缨
在拔节的脆响声里
唤出乡村的女人和男人的心韵
是北方最含蓄的表达
也是最直率的谢忱

秋，鼓胀胀的豆荚

秋　站在垄台上
打着结结实实的腿帮儿
走动着风一样的响声
对准月牙儿　省略镰刀的情节

在收割机的马达声里
我找到了土地赋予乡民的感情

接一把风儿　我发烫的手
便透过汗珠摔成八瓣的黄豆荚儿
爆裂那干得叭叭作响的秋天
装点北方　生了一手老茧的乡情

太阳憋足了力气
回想粘着泥味的锄把儿
和被我攥出汗的正午
是怎样将板结的土地
松动成开豆花的夏天
比喻成满天的星斗
对天照镜子的眼睛

我坐在弯弯的田埂上
一种压抑不住的情欲
冲动着满地的秋天
就像怀孕的少妇
总是想掩饰自己那高高隆起的腹部
秋天　她真理解乡民
这急不可待的激动

宛如第一次抱起自己的孩子
兴奋得连话儿都说不清

我没有任何猜想
直到今天才发现自己
植根于土地和乡民心里的那种感情
恰似鼓槌与鼓面的关系
缺之其一怎能击出声来
这饱满的岁月　需要天地人和谐的感情

躺在稻草垛上的冬天

走远的　是我飘在天上的云
走近的　是我洒了一地的雪
依稀可见的
是我年年都这样垛起老高老高的稻草垛
供童年的梦偷偷地长成冬天多情的季节

雪　温暖着我的眼睛
乡路沿着我的脚印
选择最适合冬天的描写
来形容　我咯吱咯吱的走动
走动着　在稻草垛上的情节

不知出自什么原因我也伸出左手
让岁月点化一下我三十岁的掌纹
是否还有儿子的命
其实我是在为自己找借口
好叫冬天超生在稻草垛上
暖和一下自己对雪的那种渴望
渴望一种雪的心情在支持着我

还是多端详一会儿
还是多回味一下儿
这躺在稻草垛上的冬天
在沉思默想一年的经过
给没膝深的雪　以更大的陡坡
烈酒般地醉倒回归故里的亲人
泪落成冰　雕塑出乡情乡意的款待
亲人来了　相聚成盛宴举杯的祝贺

当炭火盆再度扒出烤熟的土豆时
我的乡村正从银光灯下
伸出暖气管道烘着烟熏火燎的贫穷
回忆那段富于野味的生活
情感不是用钱就能买来的

猫冬　独占着乡村特有的时间
你会从那满满登登的粮囤里
听到这暖洋洋的日子
永远是戒不掉旱烟袋嘴所唠出的家常
丰收了也需要做一番认真的总结

冬天　从各种报刊上剪下来
那散着油墨香的最新信息
反馈给乡民
因为这白皑皑的雪
正透过成垛成垛的稻草
躺下冬天　站起来耀眼的阳光
我要歌唱的是北方的生活

乡村，我希望的……
（组诗）

这片嫩绿绿的麦苗

我记不清了啥时走进春天的
总感觉嫩绿绿的麦苗
长进了我的汗毛孔
去回想童年的事情
为这片飘动的云找到感情的象征

我学不出那条被挤弯了的羊肠小道
响着乡村女孩的笑声
是怎样再度延伸
流行城里的颜色
富有乡村的风情
我不得不换一下诗的韵脚
跑进阳光里吐出大片大片的绿云

把这鲜嫩嫩的春天涌动

到现在我才弄懂绿色
为什么总愿叫我闭上眼睛
原来这片嫩绿绿的麦苗
蹦蹦跳跳地在我书案上筑了巢
孵出那么多的感情
从田野里飘来诗的清香
让好多好多的人
都沐浴在阳光与麦芒的感觉里
感谢黑土地的这般热情

我不是为体验生活而来
而是为报效生我养我的麦地
风风火火地
将命运永远地住进这个村庄
把生命交给麦种
去发芽　去生长　去收成

这就是我的麦地
我的麦地
的的确确地叫我忘了长脚
原封不动地

任这火一样的麦苗　燃烧
凭那麦苗一般的火　晃动
那直射的阳光
灌溉着我　绿得使人心满意足
我在自省　除满足外还要奋争

于是　我只有细细地去读
每一根根络所触及到的土壤
和被土壤所裹住的每条根络
来形容北方　这不加修饰的疯长
北方的麦苗　春天这绿色的激情

夏天，刚打苞的高粱

北方的夏天
如同怀孕的少妇
腆着高高隆起的腹部
向大地显示她的丰韵

这时　只有风躲着高粱叶
在垄沟里爬着
它知道此时已攒不足那么大的力气
晃动　这一排排一片片站着的高粱

高粱　那一片片一排排站着的青春

太阳踮着脚儿
把满头大汗的目光
毫无保留地投过来
为夏天的田野
兜售积攒了一年的热量
要的就是这生长的气氛

雨　丢下天空
急不可待地甩出它的长鞭
抽响大地　这泛着水花的生长——
发育得鼓胀胀的高粱穗
像给大地穿上绿裙
是这样的吸引着人

呵　这些五大三粗的高粱
遮得草儿心烦意乱地趴在地上
偷一束阳光　伸了伸贫血的身子
半睡半醒地将自己腐烂成绿色的粪

我看着乡民那伸出的手
每条纹路都重叠着厚厚的茧

在松动我板结了多年的思想
看清了高粱为什么会摆出这样的姿势
安排自己与土地　阳光来接吻

签一份夏季的契约
热得北方的大蒲扇
躲在树荫下　蘸着冒汗的话题
唠着人们知道的和不知道的故事
——繁衍着高粱后代的人

灌浆，八月压圈的季节

稻花香了北方的七月
七月的露珠斑斑驳驳地滑落
稻叶上颤颤巍巍的感觉
将受孕的稻稞站成拥挤的八月
为大地灌浆

这是构思了一春一夏的流水
隔在宽宽的稻池埂的这边或那边
清一色地压了圈儿
鼓胀着沉起来的
还没来得及成熟的稻粒

就一穗穗地相遇着摩肩擦臂的生长

这是又一茬新的生命
正接受着太阳的暴晒
似刚刚出窖的烈酒
醉了大片大片的稻秧

我躺在被水冲瘦的稻池埂上
兴奋的目光与太阳开始了对话：
请你给我的乡民看一看风水吧
那踏了一脚的泥
那流了一身的汗——
是风吹的　还是雨淋的
是云烧的　还是雷响的
是日晒的　还是月照的……
稻田地里正飘着稻花香

一切源于土地
一切都被生命裸露
裸露成水声把蝌蚪的尾巴游掉
爬上岸去　咕咚一声跳出
稻穗定浆的八月
在我叼着旱烟袋的嘴儿上

吸进或吐出的青黄黄的辣烟
缭绕着秋天的那股的气宇轩昂

这时　月亮抖出了一身的银光
接过我的话儿茬
变换了一下稻地里的水色说：
绿色原本是
叶脉与乡民的手掌所生出的纹络
横的　三伏的热汗
纵的　三九的冰霜
年年岁岁延续着
八月北方　灌浆　压圈
北方八月　压圈　灌浆

豆秸垛的情节

雨作为一种雪的体验
把冬天交给了乡村
垛起高高的豆秸垛
感受着这片黑土地——
寻找万物与绿色的姻缘

忘了抖净豆秸上的雪

刺刺啦啦的门灶
燃烧着土地赐给乡民的情感
使我不得不走近一些
看清这红亮亮的火
是怎样象征太阳的旋转

就这样　乡村的毛毛道儿
袒露着垄台最初的情节：
犁铧刚刚走过
豆种便在点葫芦声中
被踩格子的脚儿压实——
一个季节和另一个季节的关联

豆种下地还没过十天
两片翠绿绿的豆瓣就沾着土沫
抽出嫩嫩的叶子　滚动　晨露
叫阳光躺在四月的怀里
撩动着土地与乡民们的感触
催我们快点走进夏天

一切就这么快
一晃儿九月的风
早已把镰刀对准月牙

成捆成捆地放倒
一碰就淌出豆粒的秋天
删改那些要在大地上发表的文章
整版整版地刊发乡民的笑脸

坐在宽宽的田埂上
小憩一下我的激动
用这碗醇烈的"老白干"
收回那段回忆
在雪野茫茫的村庄
列成横队或纵队
再具体地向城里人
述说乡村的豆秸垛高得能摸着天

乡村，我希望的……

（组诗）

北方的思绪

从春天的地平线上升起

踏着泥浪

带着朝霞

我凝聚成古铜色

把岁月缠绵在光与火的黑土地上

将我思想种在北方

山脉一样的田垄上

我的五尺之躯

该怎样的属于现实

朔风撩起我

汗滚成的泪滴

在父辈的皱纹里

被含泪的目光掳去
一声声在乡野上的叹息
在我透明的心头上
隆起血铸的希望
连青春都带着绿色的呼吸
有谁不理解
在我高频率的声波中
正放着一首交响诗
——黑油油的土地

我，属于北方的思绪

梦吗，请留给历史
也许沉默是我肋骨和性格
但，我的热血正奔腾着
因为，命运让我与时代撞击
迸溅的只有
汗水与智慧的火星
闪在北方
——我的天宇

我再一次地环视
昨天留下的谜

推开一个拔节的季节

染浓了犁下的土地

跨过千年的旷野

走进北方人的欢乐

田垄上的小憩

有一个躲不掉的响鼻

于是，烟斗里的往事

熏黑了我的记忆

露着我剽悍与粗犷

因为，这片黑土地上有我的故事

我，属于北方的思绪

唱，我的歌

在这片春的土地上

汗水是我的天宇

智慧是我的繁星

闪烁在爱的宇宙中

其实也是命运注定

我的相思

不知什么时候

被她悄悄地偷走
只把喜泪留在我的梦中

在她乌黑的秀发上
飘荡着我的目光
因为我心中的风儿
正吹进她的瞳孔

不是吗
她如火的青春
曾唤起我多少诗情
在白炽的灯光下
熬红了我的眼睛

是的
从我的心坎
到我的语言
一种乡情的氛围
长在垄台上——
如一棵棵的禾苗绿绿葱葱

我是农民的儿子

风是我的呼吸
雨是我的汗滴
雷是我的心律
雪是我的思绪
站在田垄上
站在阳光与泥浪之间
把我的犁尖插下
从我的骨髓里
到我的思想中
犁出一个金色的秋季

那山的近影
那水的幽静
我曾踮着脚
去想
泥与人的原形
该是怎样
向世界袒露
是凝一团火
还是聚一身热
将我的身子

当种子播进土地
土地——生命——爱
爱——生命——土地

我的脉管里
奔流着炽热的血液
乡民们的盼
也一齐涌进我的血液
一个北方的思索
在我心中结蒂

是一片绿荫
应看到还有荒凉一片
在我的黑发上撩起
于是，我的目光
寻到了贫苦
虽然我也有寂寞
但我的无语
替我回答：
为黑土地而生
为黑土地而死
因为，我是农民的儿子

写给自己的诗

像树根暴起岁月的青筋
我紧紧地紧紧地
抓住时代的胎盘
在田垄上种下我的灵魂

沿着我的心迹
校对我的时间
听　春雷里有我心灵的韵律
看　冬雪上有我岁月的留痕

我的血液同土地一起汇成河流
我的骨骼和大山一同顶着彩云
登高是为了望得更远
望远是为了接近目标
滚上高高的山梁
甜甜苦苦地追求
勤勤恳恳的发奋
塑造成属于我的
北方田垄一样宽大的精神
和精神一样无限大的乾坤

在我那刚刚泛起的胡须上
清规戒律不属于我
汗水与智慧在我的心律里
跳成了一个个音符
风中卷　雨间行
雷里响　雪上寻
赶上一个春暖花开的早晨
让我的精神再一次地振奋

其实小草是我的自身
那扑鼻而来的泥土味
我禁不住要击穿心壁去闻一闻
还要握紧岁月掌握自己的命运

把我的根系在岁月中
将我的虬枝盘结成希望
让大山移动着我的身躯
与这片北方的土地融为一体
将青春献给生我养我的乡村

呵　北方写给自己的诗
呵　自己的诗属于乡民

第 六 辑

人的原色

不知是谁制造了伞
于是这伞成了一些人的天
为他人擎着
让你总看不到太阳
总感觉不着月亮的存在

为母亲塑一座像

从您那深深的皱纹里
从您那含泪的目光中
我看到了
在父亲把自己变成坟头以后
是您一个人撑起了家门
让日子在苦难中再次发亮

我理解了
为什么您过早地掉了满口的牙齿
那是一口一口地嚼着铺子
用二拇指抿到一个儿又一个女的嘴里
八个儿女　就这样一口一口地被你喂活了
活成今天　您遗传给我们吃苦耐劳的思想

在您满天星斗的花镜中

用一宿一宿的长线做着针线活
在鸡打鸣中换成灶门的烟火
烟熏火燎着自己
也让我们吃饱穿暖去课堂

为母亲塑一座像

从您看儿女的微笑中
从您抚摸儿女的手上
我看到了
在您没有名字只有姓的墓碑上
读出您一生坎坷的命运
为什么您越遇困难越坚强

我理解了
您小时候悄悄地放开裹脚的布子
让自己的脚不再受着委屈
您说穷家女孩是享受不了小脚的待遇
顺着垄沟　去捡拾脸朝黑土背朝天的劳作
裹脚怎行　怎能踩实人生的格子保住苗墒

您把自留地变成菜园子
是没完没了的汗腻腻的活儿

在地头吃着饭就睡着了中午
醒来还后悔自己
耽搁了干活又浪费了时光

为母亲塑一座像

父　亲

父亲四十七年前您去了天堂
每年阴历三月十二我们在望
望得满天的星星都含泪祭奠

祭奠
云扯过一片雨当泪滴滴落下
　　　　　　　天
　　　　　　　哭
　　　　　　　着
　　　　　　　父
　　　　　　　亲
我是父亲脚印重叠后的影子
又是父亲生命的更新与延续

延续

诗如我心注入了父亲的血液
流
在
我
身
上
父亲的血液是我生命的本体
站在父亲的肩膀上顶天立地

立地
岁月如地碑刻着父亲的名字
传承给我的黄氏的一种人品
行善孝顺已成为门户的意识

母亲，我心疼

——写在母亲的祭日[①]

每当我双膝跪在您的坟前
纸钱烧出一串串泪水
湿了每年的旧历三月二十九
三月二十九，我心疼

我心疼
那是在三年自然灾害中[②]
您饿得断了奶水
一口一口地嚼着野菜的馇子
喂活我的性命
却累掉了您满口的牙

---

①一九八九年阴历三月二十九日，母亲黄高氏逝世。
②指一九五九年、一九六〇年、一九六一年我国遭受了旱灾、水灾、
虫灾、早霜等自然灾害。粮食严重的短缺，几千万人挨饿。我一九五九年
出生，出生就缺粮，到后来断粮，靠吃野菜求生。

您竟用带血泡的
牙床磨着粗食淡菜
吞咽着苦难的生活

我心疼
从父亲去世后
自留地里的黑夜
常常被您一镐镐地刨出黎明
那带着血丝的眼睛里
把一个丰收的秋天给了儿女

我心疼
昏黄的豆油灯下
针尖扎破了手指
血珠滚在儿女的衣衫上
一针针地缝住寒冷
一线线地纳出炎热

我心疼
您每次咳嗽后
都把带血的痰偷偷倒掉
生怕儿女们发现为您的病花钱
您因患肺癌身体日渐消瘦

就这样您还带病操持家务
因过度劳累而眩晕
把自己的大腿摔成了骨折
就在您去世的前一天
忍着病痛把刚刚满月的孙女抱起
举在自己的面前
冲着孙女微笑着，微笑着……

母亲呵，我心疼……

思宇与他的抒情

都说你有太多的农民意识
却偏偏有一个女工爱着你
成为你的妻子
与你一同扶犁
在书案上打起北方的田垄
让感情成为春天的种子
播进这片黑油油的土地

别人说你"屯"
你的妻子却说你"屯"得有志气
鼓励你继续爬格子
于是给你买了一身儿西服
一堆儿买了八条领带
叫你换着带
你却笑了

摆摆手说　套这玩意儿在脖上
总觉得喘气太费力气

你快三十了
可还是这样幼稚
在别人成为万元户的时候
你仍然握着这把父亲的父亲
留给你的木犁
在田里流着汗
像夸父追日那样
在诗的王国里奔跑
将生活制成标本
用心展览着：
自然与人
人与自然所包含的哲理

你总是把沉默卷进旱烟里
吸掉忧愁和烦恼
让自己的思想顺着垄沟
把生活写进诗里
你就是这黑油油土地的一角
从不知道什么叫孤独和叹息

不要去盼春风

不要去说夏雨

不要去想秋霜

不要去讲冬雪

因为你的意志是不分季节的

也没有消极和颓废这样的节气

你正用灵魂与肉体

运转出人生的轨迹

那被岁月凹陷下去的

泛在你脸上的皱纹

即使在三九天也会出汗

即使在三伏天也会结冰

因为你的脚印

是土地留下的

一串串省略号

述说着你的履历

在心灵的底片上

曝光着自己

和裸露的诗

你做着对土地的深刻反思

对未来你该怎样地走下去

夜，我的世界

是繁星闪进我的喜悦
是明月映照我的幸福
不是吗
一张她的赴约条
夹在字典的某一页
查着我的欢乐

夜，在生命的天平上
量出我的所得
宇宙铺在纸上
银河在我笔尖下流淌
不是我的幻觉
本是生活打开了我启程的锁

夜，在我手中紧握

想着白天的那番争论
谁的眼中不有着起伏
都在渴望中
不仅仅是我的小屋
看，那远远近近的
数不清的点点灯火
一座座星座

夜，我的世界

在五光十色中
去把理想与现实焊接
它怎不使人梦绕魂牵
将期待
变成了追求爱的绳索
拉住它
未来的诗集我在创作

是的，是夜，是夜
使我愚笨的大脑
出现灵感的闪烁
我——
正乘着一辆夜车

　　去远征，去开拓

　　夜，我的世界

老 子

——致公木

天道
从老子的思想里分蘖出
这茬庄稼长在你的思维里
接受收割
精神食粮
养活了那么多的信仰

有无相生
月亮弯下了眉
从老子的道学中
找到你人生的形象
同时电脑传真出老子
为今天辩证的许多主张

人道

在老子的信念里生长出
历史的这片翠绿绿的树叶
你沿叶脉
走进人生
为什么会像赶戏场

福祸同行
太阳扬起了脸
粉笔末落你一头
用老子骑的那头牛
再过一次今天函谷关
看宇宙万物变迁的景象

悼念屠岸老师

（十四行）

雪，落下眼泪一样的白色菊花
泪，披上冬天一般的寒冷黑纱
《幻想交响曲》演奏十四行的哀乐
我们送别屠岸老师去天堂休假

心，译出西方诗人生活的浪漫
笔，写进东方诗人浪漫的生活
生活给您十四行诗以新的启迪
您用思想指挥着笔快乐的写作

阳光在您书案上编辑每个文字
字字句句都得符合着中国思想
月色在您手上翻阅着外国原著
原著开启了您本土的思维光亮

您的个性决定了您的思想航标
博爱善良是您一生做人的信条

2017 年 12 月 17 日午夜

树，历练在风雨里

——写给去天堂的牛汉

今晨七点二十分

在定襄抓一把黄土

抛向天空当雨

却落进眼里

泪，像秋天的落叶

落下湿了大地

哭你

我擦去泪水

看你——牛汉

迎风站成一棵大树

顶着天　踏着地

枝像摆动的手臂

听着雷　淋着雨
四六年在监狱里历练着自己

为了追求理想
把信念当诗
来讽刺黑暗礼赞晨曦
脚镣声是平平仄仄的句式
响在树的风雨里
也是考验自己坚强的意志

时间的年轮
从 91 年前开始
树长在地里
诗的枝叶繁茂成春季
把阳光来读
字字句句都在发光
你顶天立地是个汉子

今晨七点二十分
在定襄抓一把秋风
抛向天空当土
却掉进眼里
泪　像秋天的云彩

落下成了雨滴
哭你

我抹去悲痛
看你——牛汉
冒雨站成一棵大树
身不弯　腰不曲
干似挺直的铁塔
披着霜　裹着雪
五五年遭牵连下监狱受冤屈

为了求证真理
肝胆就是诗
挡住流言蜚语的袭击
手铐响是高高低低的训斥
高昂出树的蔑视
也是显示自己高大的身躯

岁月的旋转
转满 91 个年轮
树长在心里
诗的落叶化成了泥土
将种子孕育

籽籽粒粒都是饱满

你发芽成读者的春季

2013 年 9 月 29 日 9 点至 19 点

诗与你同居在天堂

——悼念诗人伊蕾

你把生命当脚印留在了冰岛
诗却当着读者的面拉上了帘
与太阳一起同居在爱的天堂

我的心沉成厚厚的云滴着雨
雨像泪一样哭出离别的声响
似雷喊出夏天送你时的哀伤

你的诗用女人的艺术生活着
生活在镜子里反映诗的真实
真实得像月亮为感情照着亮

白花以书画的名义泼墨成泪
泪洗着黑纱在悲痛地哭着你
夏天比冬季还叫人心冷得慌

你把自己当作了一首爱情诗
留在人间继续以汉字为表情
像太阳一样释放着爱的热量

2018 年 7 月 30 日

音　乐

为寻求心灵的谋生
不知不觉地掉进
生活的滋味里
逼真那份人生

为等待肉体的享受
睡不着也醒不了地站在
生的　死的　感觉中
接受　这段岁月的感情

依然是呼唤
用跳动的音符　跟随
走过的足迹
和未来的希望
将人类的美好歌颂

摆出白天和夜晚的姿势
笑与哭
正诱惑着那么多的面孔
形容着世界
脱胎换骨地动真情

别在诅咒书里的
仇人　恋人
就像那颗忽然长出的獠牙
咬破跑调的掌声
高兴这杯人生的酒杯
碰落那些忧愁
用音乐感谢生活
生活在音乐中如此让人感动

人的原色

我去了远古一趟
看到黑夜比白昼更使人动情
不要说灵魂是什么颜色
不要讲梦是什么形状
或用哭　或用笑
去形容人生

人是太阳孵出来的
太阳又被人作为一种理论
遗传给世界
变异着我的感情
在语言的监督下
长嘴的不能随便说话
随便说话的又没长嘴
也不知地球转了多少圈

我还没来得及回顾
命运就把我推上了人生的戏台
不知演的是什么角色　　戏就散了
不然人间怎能把《圣经》之类当饭吃
在我的胃里消化
消化成一种精神的功能

不知是谁制造了伞
于是这伞成了一些人的天
有一双无形的手为我们擎着
让你总看不到太阳
老感觉不到月亮的存在
雨呢　　在人的眼里直落泪……
总之　　都在天所编的故事里　　发生

我在继续寻找着我
寻找着
我的幻觉
我的现实
已摆脱地狱的追随
已逃离天堂的跟踪

我知道世界之外的那层意思

一个摇摇晃晃的神灵
将人间的地狱与天堂重叠
跌落在我的指缝间
就看我的手段
翻手为天　覆手为云
我愕然了
为什么有这么多人在为权势扯景

又有那么多人为钱不怕丢命
还有这么多男人为女人玩命
更有那么多女人为男人发疯
一场场悲剧从古至今不断发生

生是我的选择
但死我决不放弃
因为世界属于我
我是这世界的内容

可不知是谁又给我添了许多感官
爬进了我的耳目
我才如此恐惧
我是被精神所包裹的肉体
必须还要有肉体之外的躯壳

为了不影响他人的视觉
我只好不说
静静地观察他人的动静

人呵　人
　　　　我盼着
　　　　　　盼着
人不应有自己的倒影
映进他人和自己的生活中
昨天是梦的面孔请留给历史
今天应是灵魂与躯体的自身
留在跋涉的旅途中
明天不知道还会有什么样的意识
与灵魂潜在人们的脑层

不知为什么

一

海在我的眼底下沉

路在我的眼前漂浮

山是我的早晨和夜晚

让我成为雾

在大地上缭绕

因为社会

是人与人用十字路口接通的

不知是谁在上面又架起了一座

谁也看不见谁的桥

二

一切都是路
到处都是桥
很长又很短
很短又很长
就看你所走的方向
左右着你脚的
是那些闪动的红绿灯

三

有一天晚上我看见了
一只狗和一群小花猫
各自打着喷嚏
一个醉汉在瞅着它们发笑
说，要不是它们
他不会醉得这样
笑着，说着又倒在地上睡了

四

不知啥时我的视线
被一道道手臂撞弯了

于是有人在我这弯了的视线上

拴上了鱼钩

还小声说着

线放得越长越好

为利益一定有大鱼咬

五

再过一星期我的奖券号就对上了

我推算着

再买奖券我中奖的号码是几位数

数字的烟圈继续在我的唇边飘动

只有语言

繁衍着广告

和被广告出售的语言

六

人总躺着觉就多

人老闲着话就多

不信你看

每天都有许多眼睛

在新送来的报纸上睡觉

每天都有许多人

在一觉不醒地领工资

他们或让自己的目光

在别人的存折上蹭痒痒

或用鼻子在人群里挤一条缝儿

闻着飘动的香水来自何方

七

一个聋哑人在斜视着我

我赶紧把眼睛藏起来

苦笑着走开了

可心里却有很多蚂蚁在打着洞穴

八

我玩着手机

手机像在玩着我

玩着玩着

我看见老鼠把猫咬得直跑

癞蛤蟆叼住了天鹅

天鹅无奈地鸣叫

时　间

人，如果没有理想
就像天空没有云彩
大地没有山川一样
人就没有了参照物
衡量生命的长与短

一年，一月，一天
一小时，一分钟，一秒钟
是人给自己定界的时间
多了带不走
少了得使劲儿撑

只要脱成人
不管愿意与否
都得用心脏

为自己的死读秒
读秒：如河水东逝
似蛙鸣叫热了夏天
青丝哪有不被霜雪染白

人生如果不多长些智慧
不多流些汗水
只知在春花与秋叶之间
赏着月缺与月圆
品着夏热和冬寒
那一生只能是一捧土的概念
白白地把生命当成了一段时间

人，如果总是自私
就像大山没有水源
沙漠没有大风漫卷
人没了做人的标准
做什么都会有抱怨

一天，一月，一年
一秒钟，一分钟，一小时
别活得只剩下一条生命
除吃饭以外

到头来还是吃饭

过了这冬天
来年还有冬天
羡慕嫉妒恨
在心头始终萦绕
自言：自扫门前雪
人不为己天诛地灭
内心自私得没他人空间

如果人人都是这个意识
世界该是怎样
你争我夺的战争会连绵
杀妻又害子坑爹
从来就没有间断
一个私字不知坑害了多少人
战争是自私与自私发泄的时间

天堂：诗的造型

——赠诗友

摊开我们的手掌诗的纹路
似音乐喷泉沿心灵的方向
奏出人生喜怒哀乐的乐章：
用诗的形式建造一座天堂

天堂，不谋而合地亮出了
眼前的"中华诗园的构想"
因为诗是用血点燃的激情
火一样燃烧着我们的心房

双手合十成这坚定的信念
筑中华诗塔汇聚众人力量
爱是用诗塑造的心灵形象
神州的每一寸土地都闪光
人间，不应再这样地等待

要有一个明确目标当心窗
一定要千里之行始于足下
每个诗人都应将自己开发

不要用祈祷的形式来期盼
建座诗书画博物院像月亮
用汗水智慧闪动龙的灵光
龙的传人才会越来越兴旺

灵犀，脉动着的诗心

——给邹大毅

且莫说这是偶然只因有诗的血缘
用诗**铸**的那座天堂定会落到人间
天命有缘**诗**园选择了我们这代人
这代人召回诗**魂**用中国龙的脐带
连接着同脉同宗，**驻**足异乡的人
只要我们心有灵犀何需**千**呼万唤
询天　诗用月牙钩出镰刀的**秋**韵
问地　诗用阳光绘出丰收的**秋**颜
询天问地，建中华诗园**千**载难逢
让春天里的诗情永**驻**我们的心间
即使生命谢了**魂**儿也要回归诗塔
站成这座**诗**塔，象征华夏的尊严
爱再**铸**一个灵净化我们凡胎肉体
且问有谁能像中华共有一个诗脉

中国的龙脉

——致中华诗博物院策划者

只因人的生命有限才寻找永远
只因诗的基因在我们身上遗传

你用诗的形式展览中华的智慧
中华的智慧是人类喷涌的诗泉

你用诗的内容赞美中华的精神
中华的精神是人类耀眼的光环

我们是长在中国龙身上的鳞片
处处都闪耀着中华民族的灵感

这灵感来自长江与黄河的召唤
这召唤包容了长城龙形的内涵

经天而立，建一座诗的博物院
诗的博物院是诗人自己的家园

环地而绕，拓一片诗人的花园
诗人的花园是智者纳凉的景点

同一步履同一信念同一人生观
系着友谊的真诚流动诗的血缘

同一兴趣同一志向同一个期盼
建造中华诗塔旋转着升向蓝天

呼唤诗魂净化我们的肉体凡胎
每个细胞都映现着宇宙的奇观

我们无权选择我们出生的年代
就跟夜晚无法拒绝星星的出现

每根汗毛孔都散发着诗的热能
因为龙的灵气游荡在我们心间

生命和诗歌结缘才会永生不衰
昼与夜的更替实现了人生转换

地球围绕着太阳一天天的运转
龙的精神连着我们民族的血脉

民族意识早已潜入我们的脑海
吞云吐雾显露出中国龙的容颜

是龙就不要像蚯蚓那样的蠕动
长城般的脊梁肩起中华的尊严

诗，我的灵光

你看到了什么？是灵魂还是肉体
还是我别的什么？例如酒和语言
语言有时多像太阳的光芒晃得你
不敢正面多再看一眼用手遮着天

酒，我不敢多加形容只有去体验
如月不管夜多黑多暗都敢站出来
真情真意地不做这欺骗人的道具
有悲有欢地把人间的荣与辱看淡

你听到了什么？是风言还是冷雨
还是我别的什么？例如嘴和双眼
这双眼有时似陷阱只要掉下去了
想逃脱比登天还难她是无底的天

嘴，无须多加注释随时都会相遇
若不信拿来个方的她能把它说圆
美其名曰她已开了多家嘴的公司
还不知观众是自己自己也是演员

对这人间的一切我只喊了声上帝：
诗，我的灵光多些普照我的人间
以诗开慧以爱塑魂是我终生信言
生活如天上星星闪动我诗的灵感

城市如是说

城市的雨说多
如人流多得像决堤的大河
城市的雨说少
似恐龙少得像长脚的大蛇
失业的城市
又一批大学生真毕业了
拎兜的城市
头上脚下飘着塑料颜色
城市的雪说多
如垃圾多得像堆起的山坡
城市的雪说少
似凤凰少得像阴天的弯月
繁华的城市
在人们开发中变得盲目
繁华的城市

在人们的盲目中开发着

城市的这些现象
诗能奈何　只得如是说

过去的水流如今按滴来解渴
过去的清泉现在变成污水窝
城市的污染早已举起了红灯
为什么人们还在沉默中沉默
有多少浓烟将早晨抹成黑锅
有多少黄昏把黑烟活成恶魔
城市的污染早已举起了红灯
为什么人们还在如此的沉默

城市的假广告
贴得城市像长了秃疮似的
城市的按摩院
把灯红酒绿按成叫春的夜
打假的城市
将每年三一五当了摆设
车多的城市
铺一道儿的铁等灯闪烁
城市的农民工

挥汗如雨浇出城市好生活
城市的立交桥
把车分层地疏通一些耽搁
冒水的城市
地下的脏水在路上呕泻
折腾的城市
为了赚钱拆掉了又建设

城市的这些现象
诗又奈何　只能如是说

看到这些我只能用诗来发火
发火的诗让每句话都喷着血
把咬文嚼字在腑中炼成炭火
烧掉城市里遮遮挡挡的帷幄
大海衬托出高天的绚丽云彩
心中的红太阳才会永升不落
良言虽苦口也要当药来服用
才能除掉缠在城市的这病魔

没有一种象征，

让我感觉这座城市

也许因为我的眼睛

挡住了记忆之窗

在这座城市的大街上　奔跑

没有任何语言指挥着红绿灯

在人们的脚下　闪动

可所有的心脏都加速了

在时间的河流里　流淌

错过自行车的时辰

我这个爬惯山走惯田埂的人

总觉得柏油路上的白线线和红线线

限制着我的脚

诞生与死亡在同一个时间

争夺着今天
使这座城市的每条街道
都成了敏感的神经
触碰着那些蓝眼珠们的目光

其实用不着扯那么多的旗帜
去宣传被人喊烂的口号
是的　这座城市的每个细胞
都膨胀着竞争的思想
在时代的监督下
改革使那些自私的人骑虎难下
也使各种思想疯长

为了谋生有多少人来这座城市
为了发财有多少人去那座城市
为了升官又有多少人穿梭在城市与城市之间
为了谋生来这座城市或去那座城市好混
可为了发财和升官来与去这座城市之间
就得学会耍手腕儿
手腕儿耍的高与低
是哭与笑的两种结局
对应着人的命运赶制的
装饰自己的镜框

我为今天的自己捏了一把汗

其实大可不必

现实是城市与城市的每个器官

犹如耳朵和眼睛……

组合了我的大脑

该怎样敲开人生的大门

寻找　属于自己的黑匣子

按自己的良心

打开自己的一扇门窗

社　会

我很茫然
对着这冰冷的
然而又是燥热的世界
无法解释自己

从我的血里
验证着社会
证明着我的存在
因为我的每滴汗
都包容着大海
大海似我的情感，有潮有汐

那浪花的翻卷和跌宕
不正是人生的写照吗
使思维没有目的

使记忆没有去处
反反复复
重重叠叠地自己把自己演习

在我的思想里
一切都凝成土的形象
不然古化石
怎能把人类诞生的足迹标出
写进人类发展的历史
看，土地庙前
也有跟蚂蚁群一样的纸灰
随风飘去

是的
不要把头颅奉给战争
说我就是英雄
名字被忽悠得老高老高
心却压了块石头
回首一切，一切又都成了泡影
无处寻觅

我知道感情之外
又溜进了许多人

说是社会锁住了他们
把黑夜当成船
将白天叫作岸
硬是把假的说成真的
将真的当作假的处理
我哭了
有很多人把钱当成了自己
由此产生了害人的动机

请相信
扑火的蛾子
不是为我的舌头而来
我张大了嘴
绝不是为了对质，语言
不是让男人和女人进行论战的工具
它是传递信息的一种手段
而被一些人利用得淋漓尽致

渡过去吧
社会是江湖是大海
我们是船
不要漂来荡去
要有目标地驶向目的地

正是这样，一生下来
便开始了死亡
于是，我深一脚，浅一脚地
寻找着自己
在灵魂的启迪下
在启迪下的灵魂中
社会成了我的水域
必须学会游泳的本事

人最好不要把什么都看透
用眼睛和眼睛做成窗帘
遮住世界的正面与背面
但这绝不是为了太阳
只是我们皮肤的颜色不同
用我们的精神与物质
划出一道生命的时区

长城，中国青春的标本

是生命隆起的脊梁
延伸着中华民族的精神
像山脉一样的身躯
抵御着今天对历史的风化
高山听到流水
流水是时间的留痕

你太熟悉战争了
就像我们熟悉土地一样
从一个个垛口
到一双双眼睛
在丈量着今天与历史的距离
一块一块的血汗垒起的岁月
从山海关到嘉峪关
横贯于神州的群山峻岭

显示着我们不屈的民族心魂

将人与土地的内涵
打印成一篇立体的发言稿
——从古代一直读到今天
走在世界前列的中国人

那遍地洒满足迹的荒原
正生长着一种借口
来挑衅我们
血光剑影像月光一样
晃亮夜晚
请还原苍天赐给我们的现实
每一块青砖都垒成青春的基石
昂首在东方的中国人

是的，你知道和平
对一个民族一个国家是多么的重要
所以你愿永远这样站着
为绿色和太阳挡着雨雪和风沙……
雨雪和风沙历练了我们

那些刚刚逃离卜卦者跟踪的人
是怎样解除愚昧

用科学充实我们的大脑

分解沾在木犁把儿上的茧花和汗水

让电键敲出书本上没有的知识

把古老的耕作方法送进博物馆

使那些蓝眼睛黄头发的人点点头

伸出大拇指投出赞许的目光

如同春天又回归

人们乘着宇宙飞船

在繁星中流动着人类的目光

像回望金字塔一样

看到长城——黄肤色的人

在地球上是如此的骄傲

长城，中国站着的灵魂

我依偎着长城

就像依偎着太阳

将中国推到世界的前面

似火苗跳动着

　　　　　　春

　　　　　　　　夏

　　　　　　　　　　秋

　　　　　　　　　　　冬

生生息息

繁衍着龙的后人

龙的后人
正站在世界的东方
用"神九"般的力量飞出地球
回望地球，地球上一条龙的长城
龙的长城正用 5G 的中国
穿越在群山峻岭上
以历史的姿势
　　　　标出中国的青春

有一种天性，叫母爱

——记第四届全国敬老爱亲道德模范罗长姐

天下雨是为沐育大地上的生命
她吃苦是为料理智残儿子生活
在三十五年多的吃喝拉撒睡中
母亲总是在用披星戴月来尽职尽责

母亲一步一个脚印地走出了一条路
后人要沿着母亲走过的路继续走着

春　把儿子背到窗下晒晒太阳
像嫩嫩的树叶感受着风的抚摸
爱把母亲塑造成了参天的大树
树下的儿子享受着春天的暖和

儿子时常神志不清地折断筷子
母亲总是用微笑把儿子安抚着

那一万多双被折断了的筷子呵
验证着母亲肩头所承载的负荷

那被摔碎的一千多只搪瓷碗呵
母亲用了多少滴眼泪把它拾起
拾起儿子生命中每一天的温饱
每一天的温饱都有母亲的劳作

太阳激动得天天散发着光与热
星星感动得夜夜睁着眼睛看着
母亲把侍候儿子当成自己生命
汗水里有盐血液中有铁的生活

夏　将儿子拉到背阴处纳着凉
叫凉风抚去这汗滴冒出的烦热
三伏天感受着春天一样的爽快
母亲的扇子扇出柔水般的欢乐

听着水响这是母亲为儿子冲凉
如月的清水洗掉了夏天的燥热
洗掉了儿子疲惫和黏糊糊的汗
让儿子轻松地活出夏天的快活
雷声吓惊了儿子他挥起了拳头

在神智不清醒时也常走出军列
一拳将母亲的眼珠子打了出来
可母亲却在责备自己没小心着

雨在为母亲而落下善良的眼泪
像天上的星星一宿宿地莹动着
人有一种天性叫作伟大的母爱
付出的爱比太阳还那么的火热

秋　从那枚发红的枫叶上来瞧
风霜是怎样勾勒出叶上纹路的
来形容着母亲那夕阳里的彩虹
描述着一段令我们敬佩的岁月

为让儿子一年能吃上好的大米
母亲她卖掉了全家一半的口粮
用挖野菜刨葛根来填饱着日子
是叫儿子的生活不受一点折磨

儿子爱吹秋风母亲带他看落叶
又怕他着凉赶紧用大衣把他裹
儿是母亲的心头肉就这样爱着
秋季里的春天就是这样生动着

母亲这样开始地照料儿子生活
星星出来是为替换累了的太阳
母亲累了只好捶一捶发酸的腰
再去追赶那轮夜里发亮儿的月

冬　不知道从哪一朵雪花说起
自打把儿子从部队里接回了家
母亲的肩头始终扛着军属牌子
光荣军属的重量母亲是懂得的

雪花伴着星星母亲起早劈着柴
晚霞陪着月亮母亲赶回生着火
一年四季总是给儿子调剂口味
咸淡之间总是让他吃着热乎的

儿子怕冷母亲把儿子拉到窗前
让阳光抚摸抚摸身子就暖和了
再用手给儿子捂一捂脚准热乎
因为母亲的爱就像是炉中的火

儿有了母爱心里从来没有冬天
更不怕寒风扬起雪花从头上过

屋子里有母亲烧热的泡脚的水
暖暖地走进人生这幸福的岁月

春夏秋冬都帮着调理儿子情绪
因为这是母亲为儿子不知停歇
汗水老是挂在了她苍老的前额
母亲辛苦了我们只能对岁月这样说

历史在检阅这位平凡而伟大的母亲
母亲在现实中实现着母爱高于一切

心　碑

——写给县委书记焦裕禄

岁月在你的坟头长满荒草
也长满了百姓哭你的眼泪
这眼泪腌出了许多的季节
在痛楚中矗起了一座心碑
让今人借鉴
供后人默读

这是一阵刮了亘古的狂风
这是一片荒了亘古的沙丘
这是一块贫了亘古的故土……
被你紧紧地紧紧地抓在手
这母腹般地战栗着
将一个民族的希望
降生在河南的兰考
不　不仅仅降生在兰考

更 更是降生在了祖国
九百六十万平方公里的土地上
如一条脐带紧紧地把今天系着
系住今天的这条脐带遗传给我们
吃苦耐劳的精神在把我们来鼓舞

因为你感情的胚胎
是在贫穷与落后的兰考做成的
所以百姓的每根神经
都在蠕动着你的生命
叫你的爱分娩在这片故土之上
专门为咱百姓造福

生活总是要找出理由
困难老是能找出理由
贫困着你领导下的河南兰考
为了百姓的利益你就得付出
于是钱在你的手心里攥出了汗
节俭自己的日子
和咱老百姓一样
虽生活在酸楚中可令百姓信服

不信 问一问风沙

　　　问一问洪水

　　　问一问暴雨

　　　问一问寒暑……

记得　书记焦裕禄

你是怎样站在百姓中成为一堵墙

挡住饥荒

你是怎样站在百姓中筑起一道坝

拦截灾难

你是怎样站在百姓中挖开一条沟

送走痛苦

百姓把你的脚印

读成春天的雁阵

年年岁岁

岁岁年年

鸣响在心中

心中的公仆

呼唤这片散发着母爱的故土

多一些像你这样的县委书记

少一些把清廉挂在嘴上的主

夜被你卷进蜡黄蜡黄的旱烟里

一闪一闪地闪动着满天的星斗

——透明的心事
　　心在看着
哪块盐碱地需要治理
哪个新建工厂缺资金
还有那刚刚开学的学校缺少门窗
哪一户五保户还需进一步的照顾……
这一切呵
萦绕在你的枕畔
你在记录
字字句句都醒目
给还没有来得及刮掉的胡茬子
扎醒沉闷的日子提醒你要刻苦

你那本随身带着汗渍的日记
装着都是老百姓期待的目光
你冒着大雨在百姓的房顶上
换着破碎的瓦
你去断了顿的百姓家慰问
拿出自己的粮
你去百姓家看望生病的人
一勺一勺地给病人喂着药
而你却把自己的疾病隐瞒起来
用工作将疼痛在竹椅上顶出个洞

让老百姓困苦的日子从这里爬出……

但也有一些叼着香烟的嘴
从牙缝儿里喷出酒劲
吹着飘在头顶的烟圈
精心细致地套百姓的财富
在别墅里藏娇出新权术
鼓弄出舌头的特技功能
像做学术报告那样有理有据地
把你打扮成了当代的要饭花子
把你从他们的意识里给赶走
你却跑进百姓的心中筑了巢
孵出阳光让神州的绿树满目

是的　你倒下了　成了一片沃土
肥沃　中国土壤　营养民族之树
如今　你又站起　成了一面镜子
照着　中国官员　都在为谁服务

裸体的目光

——记某市一位领导死之丑闻

雪　没有裹住煤气

煤气却悄悄地长了腿

趁去省城开会的时间

借一间楼房

将一个肥胖的灵魂

和那位不能再登记的她

躺成一张床

不料这偷来的感情

睡错了地方

把赤裸裸的享受

站成了两具罗曼的尸首

走进大街小巷

此时　我知道

我的文字早已降价出售了

但　那缕不红不白的煤气
却变成没笔画的封条
贴在前来吊唁者的嘴唇上
只好　请我的诗
做一次通报……

雨，我的心泪

——写在代春江周年祭日

去年的今天

一声闷雷炸碎哀讯

疼得我

心泪　如雨

如雨从天而降地滴着

箭一般地穿心

雨滴太重

湿了捧在我手上的土

看你

像梦地飞走烟云

留下了真情

怀念你

心　雷一般的碎

今天的去年

雨成了天泪在滴着

滴得心

碎了　年年

年年今日向天看着云

飘动的都是泪

只是太沉

雨如沙迷了我的眼睛

叫人

看不清阴阳两界

隔着一层土

想着你

雷　在敲着我心

农历二〇一五年三月十七日

街上看不见拉车的牲口

自从吃汽油
放黑屁　铁造的牲口
流行于城市的街头
我的鞭子
便开始赶着自己
从槽子边
挪到电脑的键盘上
学马蹄子的声音
敲出车老板儿
那股追赶时代的劲头
庄稼人就是心眼实诚
看不惯露着的肚脐眼
楼上楼下的邻居互不来往
真叫人别扭

进城

街上看不见拉车的牲口

只见红灯憋了一大溜儿

放黑屁　城市铁造的牲口

只见绿灯一闪地打开了闸门

带汽油味的鱼成群结队地游

纳闷的是

只要交警一挥手叫你停下车

准是掏钱的意思

罚罚你不遵守规矩地乱走

仿佛有钱就有了一切的理由

自打吃草料

放臭屁　长肉的牲口

卸下了老车套之后

这些牲口

怕是只能当肉了

从马路上

牵到饭锅里涮出油

咕嘟咕嘟的声响

好像在煮着我

抬眼看这灯红酒绿处

那些曾拉过车的牲口

原来就藏在了这里头
街上的车依旧不断地川流
真让人糊涂

回村
偶遇在路上拉车的牲口
嗒嗒的蹄声像敲着键盘
敲出了　原汁原味的生活
讲解着科技快速发展的因由
同时也在告诫人要珍惜地球
别叫黑屁
重度熏黑了我们生活的环境
施化肥板结土地
如干活的牲口被统统宰了
心真痛却不知道怎样的开口

一九三七年冬，人类的大劫难

——写在南京大屠杀死难同胞国家公祭日

忘记历史就意味着背叛，否认罪责就意味着重犯。

——习近平

在南京　在南京

就在七十七年前的冬天

刺刀挑开了南京的城墙

一群举着太阳旗的野兽

冲进来开始了大发兽性

用血光照亮枪口

枪口张着野兽般血盆大嘴

吞噬了三十多万的生灵

发生着骇人听闻的暴行

如今日本的右翼们想抹掉

这罪行

请问问南京城墙上留的那些弹孔
这一个个的弹孔就是历史的眼睛
在为南京大屠杀中的死难者作证
作证中国每年都要以国家的形式
祭奠三十万在大屠杀中的死难者
不忘侵略者在中国犯的滔天罪行

侵略者　侵略者
在四十多天的大屠杀中
他们平均每隔十二秒钟
一条生命就倒在血泊中
杀人的笑声响彻整座城
历史在流着眼泪
眼泪已泡肿了这段屠城史
如果忘记了这段屠城史
日军准会再次这样屠城

不信你看日本右翼们在借尸还魂
年年都用侵华的甲级战犯的灵位
当一种信仰推进解禁集体自卫权
来鼓动日本军国主义再次地复活
教化着新一代军人杀人要不眨眼
眼睁睁地用战争把太阳染得血红

用血红的太阳镶在军旗上去战争

去战争　去战争
在战争中飘舞日本军旗
从一九三一到一九四五
日本军旗飘舞到了哪里
哪里准会有灾难的发生
验证军旗的血腥
目睹烧杀抢掠的野兽本性
它张圆了自比太阳的嘴
想一口吞掉整个的天空

日本不老老实实地守着自己家园
总望着人家的国土想去争想去夺
结果侵略者只能做一做军国的梦
在梦中享受着一阵阵春风的吹拂
风像吹小米一样只是枕上的黄粱
想再演绎一回写投降书的情景吗
为日本的后人做一种灾难的提醒

假疫苗，一种黑心的社会病

道德是太阳没有太阳的地平线
升起的一定是一种黑心的形态
被钱的黑猫与白猫给玩得直转

转到今天必然会出现这假疫苗
让儿童们失了抗病的免疫功能
社会上的造假都是认钱的心态

人要没有了道德社会就会变黑
因为太阳被一个个黑心给吃了
吃成现在的假疫苗赚上亿的钱

好在上天有眼发现了假的存在
一道批示如惊雷一般带着闪电
劈开钱与奸商和黑官那道防线

如果那道防线不突破你想一想
我们的社会就会失去免疫功能
我们的儿童也会被这假的遗传

中美贸易战就是一场国运大战

中国把美国当成了朋友
美国却把中国看成敌人
张开天一样的血盆大嘴
吐出满口的阴云遮着天

降下雨点一样密的子弹
这子弹就像一张张美元
一阵阵地对准了咱中国
恶狠狠地打击我们的江山

想把中国血汗挤净炸干
养肥世界第一的美利坚
把造谣惑众当成了美餐
还嫌不够驶出航空母舰

挥舞着星条旗任性霸权
让天上所有的星星一律
按照星条旗制定的规矩
排成五角大楼意识形态

美国发动中美的贸易战
其实就是一场国运大战
我们要以长城般的意志
打好这场保卫祖国大战

英雄的赞美诗

—— 致中国人民银行九台支行行长张力华

眼前的一切

在我思想的荧光屏上

定格成一个时代的形象

——英雄的头颅

正举着一个让人落泪的目光

看着这用子弹都穿不透的

精神与肉体

活成的中华民族的脊梁

鲜血以党性的意象

重新标出社会主义精神文明的高度

丈量着我们每一个

人生的质量

假如这黑黑的枪口

    对准你——

    你会不会

        不假思索地举起自己的头颅

    挡住这

        向人民索要三百万元的恐吓

假如这黑黑的枪口

    对准我——

    我能不能

        毫不犹豫地用自己脑袋

    挡住这

        向人民索要三百万元的嚣张

请不要说出来

只要用心回答

    面对这黑黑的枪口

        你我会怎样

是的

面对这黑黑的枪口

    谁都有理由

        给自己留条后路

献上那保命的钱

虽然有些遗憾

但死的再圆满

也不如生着耀眼与辉煌

为了钱

子弹瞎了眼睛

自己给自己摸了一条警绳

将那双贪婪之手

捆成发黑的心脏

发霉那些膨胀的欲望

为了国家的利益

他把钱

看得比自己的头颅还重要

敢跟子弹相碰撞

因为他的头颅里装着

"到了最危险的时候

把我们的血肉筑成我们新的长城"

来抵御一切歹徒的狂妄

此刻

我有多少话儿

哽在咽喉

憋得语言如此发慌

有多少文章

哑成石头

闲得文字如此发痒

因为这令人惊恐的一瞥

他满头的鲜血

脏了多少黑心者的健康

洗亮了多少人

被那些丑恶污染的目光

看一看一个共产党员

在那黑黑的枪口面前

所表现出的

人格的力量

当阴影覆盖着我眼睛的时候

当人民利益受到侵犯的时候

他今天的行为

就是我心灵的窗口

这流血的头颅

正闪耀着国徽的光芒

正飘着五星红旗的辉煌

那阴影算什么

人民利益才是高于一切的

壮观人生的太阳

因为心灵的光明
　　　　才是一个健康人
　　　　　　　　真正的眼睛
　　　　　　——闪烁生命之光

我的诗曾一度
看着那些在丑恶面前表现的软弱
　　　　　　　　　　而痛得没有任何想象
闲在与世隔绝的书案上
　　　　　　做这层尘埃的记忆
　　　　　　　　　眼睛里满是忧伤

今天我的诗
从他的身上
　　　　拾到了
　　　　　这些日子丢掉的信仰
流动的诗情呵
就像他洒下的鲜血
　　　　　吓得那些贪婪者
　　　　　　　　抖成鼠相

一个希望的中国
给我的诗插上想象的翅膀
　把我过去曾紊乱的文字
　　　　排成

歌颂
　英雄的
　　　诗行

北京时间

在东经 120° 的子午线上
鸡鸣的东方
中国人在早起

没有时差的市场经济
分分秒秒
秒秒分分地
想抛弃每一个人
而每一个人
都像在战争中
流通着货币一样地推销自己

股票不等我们认识它
它就迎着
我们走过来

坐在北京时间里

急得人民币

不再守口如瓶

经营着这《百家姓》里的钱字

我们不能让电脑

看着 早晨

阳光踩着屋顶

呼噜声还在床上继续

就跟过去放在箱底儿的

那沓发黄的钞票

总不肯提前醒来

     开发自己

竞争多像钟表上

时针 秒针

两条赛跑的腿

一脚门外或一脚门里

掠夺人与人所构成的时间

不要陷在时间里

要做时间的主人

     日新月异

唉　时间
对谁都不放宽它的标准
似一扇门不管谁迟到了
都会毫不留情地
把谁关在门的外边
别躲　别藏
就像那铁饭碗和大锅饭
饿瘦了多少人的勤奋与安逸

唉　勤劳
不知啥时候在钱的面前
犹如背熟的《三字经》
站成三条腿的鼎
燃着香火般的眼神
盯紧　舞厅
这靠青春吃饱饭的时间
嘀嘀嗒嗒地笑歪了我们的诗

乡村　冬天
把阳光分成上下两层
在温室里长出科学
两栖着冷与热的时间
叫茧花脱落在书本里

从此北方多了一个春季

城市　挥手
天空砌成多节的云层
抹着流星般的汗滴
笑看着高楼长在天际
深刻得土挖出两条腿
用铁的翅膀在地下展翼

如水的时间
从我的眼睛里流出
像问号　勾住今天
不要以为领带垂直的线条
就一定是我们的装饰
广告一样的流行
穿出一个时代的名牌
被假冒在大街上
为美丽而充饥

改革至今天
没有形成经典故事
讲解着　南方北国
过河摸石头是为蹚出路子

一定要抓住上岸机遇
不要为钱而殉情
做一只腐败的飞蛾子
扑向曙光的枪口
当法律的靶子

在东经 120° 的子午线上
发展的中国
人们在赶早市

四十年，如花的同学情感

——写给七七届四年四班同学聚会

四十年我们手捧着阳光走来
四十年我们脚踏着月色走来
走在四十年时光里的你我他
四十年等待与牵挂的你我他

四十年前我们就从这里出发
入伍下乡返城进厂结婚成家
那时的我们个个都意气风发
一颗红心都迈着有力的步伐

时代在推动着我们去闯天涯
今天相聚在这儿说着心里话
话四十年同学离别后的思念
同桌的你同桌的她让人牵挂

星星望着我们的眼睛在问话
我们的眼睛在和星星做对答
天南地北的同学借星星的光
在传递着同学之间友谊的话

今天相聚你看看我我瞧瞧她
我们都多了一些皱纹与白发
笑脸还像当年的那么的亲切
亲切得泪水不自觉往下滴答

同学的情同学的意都在酒里
风风雨雨四十年的岁月年华
干杯叫同学的友谊如玫瑰花
芬芳着每一位同学们的脸颊

九台，有人喊我的名字

我曾沿着饮马河的长堤
寻找柳条边的界线
我曾登上马虎头山的峰顶
眺望烽火台的狼烟

不见了　不见了
一个新的九台
在我的视线里
像七月的庄稼拔节成绿色的火焰

我曾驻足于沿河的街头
辨认黑瞎子胡同在哪端
我曾嬉游在卡伦湖里
想看昨日那片荒凉的水滩

不见了　不见了
一个新的九台
留住我的目光
你读一首诗让我找到时代的诗眼

听见了吗
有人在喊我的名字
我追了好远好远
才发现三日不见的九台
一抬脚就跨过了所有的障碍
拉开了招商引资的序幕

看　一排排崭新的车辆
以最高速的时间
把活跃的思想当方向盘
何惧坡陡　路远

听　一阵阵隆隆的马达
将图纸上的立交桥
化作大地上的彩虹
美丽着我们的家园

在汗珠落地摔成八瓣的土地上
改变自己传统的观念

自己也就变成了一粒种子
以发芽的方式播种着春天
春天就会天天站在垄台上
丰收的机遇就会在智慧与汗水里不请自来

让贫穷
在工业里长出牙齿啃掉停产的时间
懒惰自己吃掉自己
产品在信息的传递中增产

叫富裕
在乡村中落户成科学状元
勤奋的犁铧不仅耕耘着土地
也耕耘着脱掉老茧手的书案

有人喊我的名字
招商　用黄肤色的电脑
传真着蓝眼的目光
盯着古老土地该是怎样的心志

有人喊我的名字
引资　使封闭的思想
砍掉那挡脚的高高的门槛
一个开放的九台准让你流连忘返

诗魂绕心间，军歌响耳畔
——恩师公木逝世 20 周年祭
思　宇

　　太阳天天出，月亮圆又缺，岁月催人老，往事记多少？这是今晨我读公木老师《人类万岁》想到的四句话，记于案头，不觉泪湿眼眶。公木老师 1998 年 10 月 30 日在长春逝世，屈指一数，整整 20 年零 40 天，往事记多少？

　　初识公木老师是在 1988 年的初夏，我与青年军旅诗人徐晓鹏前往您的寓所——东中华路 33 号，由诗人黄淮老师引见，拜会了您——公木老师。您留给我的印象是：亲切、平和，没有名人的架子，言语中透着一种哲思。随着交谈的深入，在不知不觉中，我紧张的情绪逐渐放松了下来。

　　认识您，是我人生中的一大幸事，随着时间的推移，我与您的交往也在进一步地加深。作为吉林省作家协会主席的您，从没嫌弃过我这个土垃坷出身的农民诗人，还经常约我去您家里，向我了解诗坛的现状。因为那时的我，受聘于省作协《诗人》杂志，做编辑，主要负责编辑部外来稿件的审阅。这时，您俨然就像一名小学生，静静地听我讲述当前诗坛诗人们创作的倾向与动态，也捎带着问及编辑部的来稿情况。我当时还较有兴致地讲起了1988年春节期间我阅稿的烦恼与无奈。

　　事情是这样的，春节编辑部放假，从阴历三十放到正月初七，当正月初八的早上我刚走到编辑部的楼下时，邮局的同志从邮车上喊我："你们《诗人》的稿件到了。"于是，邮局同志从邮车上掀到地上一个很大的白色的帆布袋子，足有一米多高，又拎下一个小的白色邮袋要我签字，说这小袋子里装的是挂号信件。我蹲在地上，把装有稿件的大袋子往后背上试了试，没背起来，我和邮局同志一起连抬带拽地弄到了我的办公室。邮局同志要把大的邮袋拿走，没办法，我只好将稿件倒在了地上，然后把挂号的稿件堆在了办公桌上。我看着这堆积如山的从全国各地寄来的稿件，我的头都大了……可这些毕竟是作者用心血熬出来的啊。这时，主编笑着对我说："这是好事呀！不用着急，慢慢看……"这时的我在叙述，您在听，专注得像小学生一样，却很少打断我的话。

　　让我记忆最深的是，1988年9月中旬的一天，您与我谈起了对朦胧诗的一些看法，您很明确地说道："朦胧诗这一概念的提出是否科学，我们不能准确地给朦胧诗下一个定义。"您还说"自科学出现一个概念，都有明确的定义相跟随。同样，社会科学出现一个概念，也要有一个明确的定义相跟随，而朦胧诗在诗界的提出，却给它下不了一个明确的定义，这样容易误导青年诗作者，引起理论的混乱。尤其在诗界提出'散文美'，从而导致诗歌创作的散文化倾向。诗形象丢了，把说话的语言分成行，就成了所谓的'诗'。诗可以具有散文的美，但不能出现诗歌创作中的散文化倾向,这是我对中国诗坛的担忧"。

老师,您的担忧不是没有道理,纵观现在的诗坛,泛滥着大量散文式的分行"诗",丢掉了诗歌要讲形象、高度集中与凝练,即条理通达的新诗特点而走向了新诗的反面。

1988年10月末,我向您请教对我诗的看法。您把目光落在了我身上,眼睛就像一湾清水,清澈见底地反射着阳光的温暖。您没有立即回答,而是沉思了一会儿说:"你的诗我还真读了一些,有些诗没韵脚不好,读起来不能朗朗上口,写诗最好有韵脚,你应该向民歌学习,学习本民族的一些诗歌的创作技法,加强诗歌理论的学习,用理论指导自己的诗歌创作……你和郭力家在我省众多的青年诗人当中很突出的,各有其特点。郭力家在诗歌语言表达上追求特殊性,与众不同;你的诗歌逻辑性强,有一种起承转合的脉络,跟随在你的诗歌创作当中……"第一次听到您指出我诗歌创作的不足以及对我诗歌的肯定和鼓励。当时感动得我想说什么,可又说不出来什么。

1988年11月上旬,我去您的家里看望您。一进门,您高兴地对我说:"思宇,你来得正好,我也正想找你呢!我向你推荐一位河北大学作家班的学生,是我没见过面的老乡——高昌,他给我寄来了诗,我看他很有诗才。"我第一次看到您如此的兴奋,眼里闪着光,像是在泥土中发现了一颗明亮的珍珠一样。是啊,您是园丁,您是伯乐,那么的爱惜人才,这也许是您的天性!恩师您德行天下,学生也遍布中国!

1988年末,我的母亲在九台医院查出肺叶上长了瘤子,为了进一步的确诊治疗,必须到上级权威医院做检查。我们来到了白求恩医科大学第一临床医院。可医院不是头一天排队根本挂不到专家号，无奈之下，只好登门求助于老师您。您见到我说："思宇，别着急。"说着您操起了电话，拨响了号码。之后说："你去医大一院拍片的地方找张丹木，她是我的女儿。"我急忙出了门，连声感谢的话都没来得及对您说。您的女儿为了我母亲看病楼上楼下地跑，让我非常感动，在这里我向您的女儿张丹木再次说声谢谢。在我母亲治疗期间，您多次打电话询问病情，并再三嘱托："如需帮忙，尽管说。"多么朴素的语言，多么亲切的话语，时隔三十多年，仿佛还在耳边萦绕。

1989 年 4 月的一天，我接到您的夫人吴翔老师的电话，让我去您的家里，说有事相商。

吴翔老师说："我和公木老师的年纪大了，需要有个帮手照料外孙子。你在乡下熟人多，帮忙找一个本分的人来家做保姆。"我满口答应。时隔不久，我就把找来的保姆送到了恩师家。

过了一段时间，我去看望您和吴翔老师，吴翔老师说："思宇，你介绍来的保姆，人好又勤快，我们很满意。"我正和吴翔老师说着话，您从外边回来了，笑容满面地把我从客厅拉到了您的书房兼工作室，回头笑着对吴翔老师说："多弄几个菜，我和思宇喝点酒。"接下来问起了我个人的情况。您问我从哪所大学毕业？我说读到高中毕业，只是在 1979 年至 1980 年间在挂锄和猫冬时，参加了东北师范大学办的汉语言文学专业函授班和中国逻辑与语言函授大学在长春办的面授站的学习，虽然没能拿到文凭，但我很受益。我说凡是农忙时都得回生产队参加劳动，生产队是必须每天出工的，旷工是要扣工分的。现在好了，包产到户了，有时间出来打工了。和您唠得兴致正浓时，吴翔老师叫我们吃饭。在与您喝酒期间，聊起了您锻炼身体的情况。您说只要有空闲就去地质宫广场散步，一年四季都用凉水冲澡，凉水冲澡能促进血液循环，尤其是我们这些从事脑力工作的人，平时锻炼少，血液循环慢，用凉水冲澡是促进血液循环的最好方法。

　　尽管您已经 78 岁了，但还像年轻人一样频频举杯，尽展诗人的豪爽。我劝您少喝点，您说："没事，今天高兴。你年轻，可以多喝点，我就陪你喝一瓶啤酒。"说着您又端起了茶，同饮着……您微笑着，是那么的慈祥可亲。您用茶代酒又与我碰了一杯，您说："我现在在家里给研究生上中国文学专业研究生课，思宇，你过来旁听，我带着你同研究生一起学习到毕业，我跟校方说给你发个证书。你比我带的学生更爱学习，渴望得到知识……"

　　是的，我多么渴望能跟您一直学习啊！可是，您给研究生上完了课，他们都回学校去了，而我回家的火车已经没有了，您和吴翔老师还要留我在您的家里吃饭。想到您和吴翔老师都那么大年纪了还要为我操劳，真是于心不忍。于是我只听了一堂课，就不好意思再去了。我至今都非常后悔没能旁听完您讲授的中国文学专业研究生的课，这是我一生最大的遗憾。

　　1991 年 3 月末，我接到您打来的电话，电话中说让我去您家一趟。

　　到了之后，您递给我一封信，我一看是中国作协《诗刊》编辑部来的一封退稿。退的是您写的一首名为《诺贝尔和平奖》的诗。您说现在国际形势风起云涌，颜色革命的浪潮席卷着东欧社会主义国家，共产党掌握的国家政权，正在被以美国为首的西方敌对势力，用非暴力的手段逐个的颠覆。像波兰、罗马尼亚等，苏联也正面临着分裂，共产党掌握的国家政权正在被瓦解……近些年在国际上谁能颠覆共产党，分裂国家，制造动乱，谁就能获诺贝尔和平奖，诺贝尔和平奖被西方某些敌对势力给用到和平的反面去了。我拿着这封退稿信，在静静地听着您对西方某些敌对国家，利用颜色革命在对社会主义国家进行非暴力颠覆的论述。您心情沉重，担心着国家的命运……我劝您不要担心，我们国家，是攻而不破的吉祥国家，您的心情一定要保持愉快。您笑了，说："是呵，我们的国家通过1989年春夏之交的风波，锻炼了我们的国家和政党，我们要相信一定能抵制住以美国为首的西方国家的颠覆与和平演变的渗透。"

是的，您心怀着国家，始终为中华民族的利益所想所思，无我地把自己的一切奉献给了国家和人民，这种精神是您几十年在战争年代及和平建设祖国的实践中培养出的。在和您谈话即将结束时，我说："您把退稿给我，我送审到主编那里。"您说："思宇你就看着处理吧！"

《诗人》主编芦萍审阅了《诺贝尔和平奖》并表示很满意，在审稿单上签了"同意发表，芦萍，1991年7月21日"的字样。此诗发表在《诗人》杂志5—6期上。

诺贝尔和平奖

公　木

诺贝尔和平奖金得主：

八八年瓦文萨，
八九年达赖，
九〇年戈尔巴乔夫。

九一年呢？尚在角逐。
二月二日美联社透露：
挪威某权威人士提名布什。
嘿！布什总统，高明高明！

但是，施主：这之中
是不是有一点失误？
依我看：至少，在达赖，
你们是枉费心机了！

东方红，太阳升。
五星红旗永远永远飘扬在
五十亿双闪亮的仰望中。
看来你们是枉费心机了！

1991 年春

这首诗您旗帜鲜明地亮出了自己的政治观点，讽刺了这些妄图搞掉共产党的统治政权，分裂国家，鼓动社会动乱的人，"高明高明"，尤其像流亡叛国的，专搞中国分裂活动的达赖获诺贝尔和平奖，"看来你们在枉费心机了"。主编芦萍老师能把《诗刊》

不敢发的诗稿，在《诗人》上发表，可见芦萍老师的政治远见和胆略，令我钦佩！当时，中国政治形势和国际风云都在绷紧政治的弦，稍有不慎就会犯政治错误。1991 年 12 月 25 日，世界上第一个社会主义国家苏联解体了，给了中国一个警示。由此我想到黄淮老师给我讲的，公木老师在 1956 年 11 月 12 日创作的反映 1919 年在匈牙利共产党的领导下用革命暴力推翻了哈布斯堡王朝的反对统治，使匈牙利人民获得解放，建立了一个全新的匈牙利苏维埃共和国过程的 200 多行的长行《匈牙利，连心的亲爱的兄弟》。黄淮老师作为这首诗的责任编辑在送审给主编时，为了慎重，芦萍要求黄淮向上级主管领导送审，他送审给省作协领导及省委宣传部领导，直至送审到文化部领导贺敬之手中，才获得同意发表。该诗发表在《诗人》1987 年 7–8 期刊物上，在发表时公木老师在《追记》中有这样的叙述：

"1958 年 4 月至 5 月间，我与孙用同志曾偕行访问布达佩斯。在匈牙利作家协会举行的欢迎酒会上，我被邀朗读了这一首诗，引起强烈反响。有一位匈牙利诗人热情地握住我的手说：'您在数万里外，对我们这里发生的事情，比我们自己看得还真切。'这话，自然是说得过分了。我诚恳地回答说：'不，同志！在共产党人之间，是不存在距离的。我们不是总站在一起吗？'其情其景，长留脑际，使我铭记终生。由于历史更迁，由于我个人的原因，过了四分之一世纪，才得拿出此稿试图发表，事过境迁，坠柬拾零，让我谨作为一种衷心的纪念吧。"

老师您始终关心我的诗歌创作，一再督促我向民歌学习，在继承中国诗歌优良传统的基础上发展与创新，让我深入学习诗歌理论，学会感悟生活，从生活中汲取诗歌营养，树立起新诗学的认识观点，就是对中国格律体新诗的再认识。从格律体新诗的创作实践到格律体新诗的理论探索，让我有了一个全新的认识。因此，我从自由诗的创作逐步转向格律体新诗的创作，并开始了对格律体新诗理论的进一步探索。由此，我于1992年初春，南下深圳与黄淮老师探讨格律体新诗创作与理论建设的问题。黄淮老师也早有此意，于是我们一拍即合，从白天谈到黄昏，又从夜晚谈到黎明。我建议不光我们写格律体新诗，还要成立一个学会，团结全国各地爱好格律体新诗创作的诗人，投入到格律体新诗的创作队伍中来。我们共同商榷了一个名字"中国现代格律诗学会"，会刊叫《现代格律诗坛》。我们聘请您为中国现代格律诗学会的名誉会长、《现代格律诗坛》顾问。

我于1992年6月从深圳回长春，向您汇报要在深圳成立中国现代格律诗学会和创办《现代格律诗坛》，并聘请您为名誉会长和顾问。您很高兴地答应了，并且您还嘱咐我说："建立学会和办刊物是件好事，但很不容易，看来思宇你要挨累了！提倡新诗格律化我举双手赞成，给诗界带来新气象，不管是自由诗，还是新格律诗，只要有好诗就能站得住脚，诗坛缺好诗。"

1988年年初，我的第一部诗集《快乐的青春》编好了，准备上班时把它送到印刷厂。

那时我家住在九台，来回坐火车上下班，每天花在路上的时间长达四个小时左右。

这一天，爱人休息，要与我一同去长春。为了等她，误了火车的点，到了火车站，眼看着火车从我们的视线里消失。无奈的我们，只好往回走。路过电影院时，爱人说，我们还从来没有一起看过电影呢，于是我们就买了两张电影票，结果在看电影的过程中，装有诗集《快乐的青春》手稿的兜子被小偷偷走了，留下了我终生的遗憾。

一晃到了1996年年初，我的第二部诗集《青春的感觉》打印稿呈献在您的面前，请您作序。您于1996年3月19日将作序的手稿交给我，题目叫《生活·语言·感觉——读〈青春的感觉〉》。我忽然觉得不应该这么草率地将诗稿呈给老师您。尽管绝大部分的诗作已经发表，但我还是不满意。这部诗稿在这20年里我做了无数次修改，可一直达不到我满意的结果，至今也没有出版。想想真是愧对老师您！

望着夜空那一闪一闪的星星，它多像您的眼睛，在热切地注视着我，您多么希望我的诗也像星星一样在诗坛上闪着光芒！我仰望天空，向在天之灵的您，鞠上三个躬，恩师公木学生在下有礼了，谢谢您！

1994年10月22日，深圳中国现代格律诗学会召开首届年会暨雅园诗会会议由恩师公木主持，会议为中国现代格律诗定个标尺：以"鲜明和谐的节奏、自然有序的韵式"为特征的中国现代格律诗。为使雅园诗会的成果展现在读者面前，第二期的《现代格律诗坛》将集中刊发与会的著名诗人和著名诗歌理论家的发言和诗作。唯独我放在诗友王树民办公室抽匣里的公木的《深圳中国现代格律诗学会首届年会开幕辞》手稿不翼而飞了。我感到很痛苦，同时很自责自己的大意，把恩师的诗会开幕辞的手稿给弄失了，心里十分焦急，无奈只好根据录音整理出一份恩师的开幕辞的稿子，用挂号信从北京寄到吉林九台的爱人那里，让她去长春把稿子交给恩师公木审阅。恩师没有一句埋怨我丢稿的事，很关心地问了我在北京的情况。我爱人如实说了我在北京住院的情况。因为一年前我腿骨折，里面镶了两根钢钉，现在需要手术，把钢钉取出来。恩师公木和师母吴翔老师非要给我爱人二百元钱作为对我的慰问。恩师公木夫妇远在长春还时时惦念着我。

1998 年 11 月 30 日晚，黄淮老师打来电话，声音沉重地告诉我您逝世的噩耗。我的心不由地一抖，泪就流了下来……在您的追悼大会上，我们默默地肃立着，默默地听着奏响的军歌：

向前、向前、向前
我们的队伍向太阳
脚踏着祖国的大地
背负着民族的希望……

在告别您的时候，我亲吻了您的额头，您还像生前那样的慈祥……回头望着您，您正走向天堂……此时看着吴翔老师从怀中取出一张小纸片，双手捧着，揣进了您的怀里，泪流成了两行……过后，我曾问吴翔老师："您往公木老师的怀里揣的那张小纸片是啥？"吴翔老师看着我说："那哪里是一张小纸片呀，那是公木老师最喜爱的一张我当姑娘时的照片——让公木老师带走我的一颗爱心。"

我与黄淮老师具体负责编辑的，凝结着您一生智慧和汗水的一百多万字的《公木诗学经典》巨著，本应该在 1998 年 8 月上旬出版，可遗憾的是，在最后校对的环节上，误删了原文件。结果《公木诗学经典》的全部排版文件在电脑中消失了。那时对电脑接触时间短，性能不熟悉，导致我和爱人八九个月的劳作成了泡影，又回到了原点，还得重新打字，重新排版，再校稿三遍。更遗憾和悔恨的是恩师没能等到自己的巨著《公木诗学经典》出版就驾鹤西去了！

　　1999 年 4 月初，我带着一包四五十斤重的所有的您的《公木诗学经典》的原稿，送到吴翔老师的家里。当吴翔老师打开包时，立刻愣住了，看到里面有毛笔字、钢笔字、圆珠笔字、铅笔字等您的手迹时，吴翔老师的眼泪禁不住簌簌地淌了下来，看到这些手稿如同见到了您一样，怎能不泪流满面。

　　过了一会，吴翔老师拍拍我的肩膀说，谢谢你了，思宇！我说不用客气，这都是学生应该做的。

　　从编辑到打字、排版，到校对，再到《公木诗学经典》出版，您的手稿我保管了三年，心有压力，怕有什么闪失，因为我在 1994 年曾把《深圳中国现代格律诗学会首届年会开幕辞》——您的手稿弄丢过，让我纠结与痛苦了好一阵子。吴老师，今天我把恩师的手稿交给您，我感到轻松，因为公木的手稿太珍贵了，它属于文物，应该保存下来。吴翔老师说别人拿走公木老师的手稿，等送回的都是复印件。我说我永远不会那样做，那样做会辜负公木老师生前对我的信任。吴翔老师说："思宇，今天中午别走了，我给你擀面条吃。"吃着吴翔老师亲自擀的面条，心里感觉暖乎乎的，吃的不仅仅是面条，而是一种老师对学生的关爱！

　　2010 年 6 月 13 日应邀参加吉林大学隆重纪念公木 100 周年诞辰大会和 2010 年 6 月 24 日应邀参加河北省辛集市隆重纪念公木 100 周年诞辰活动。我在这两次纪念会上主要谈了何为公木精神？

　　我们以往一提到公木，都是从诗人、教授、学者的角度来谈，没有真正把公木先生放在历史的高度、中华民族的角度分析他在中国抗日战争时期、解放战争时期和新中国建立时期对中国的建设与发展，以及对中国教育事业所做贡献的高度认识。在抗日战争时期和解放战争时期，影响中华民族命运的三大歌曲：一是义勇军进行曲（1935 年，田汉作词、聂耳谱曲，1949 年 9 月 27 日成为代国歌，现为中华人民共和国国歌）；二是八路军进行曲（1939 年，公木作词、郑律成谱曲，1988 年被中共中央军事委员会定为中国人民解放军军歌）；三是东方红（1947 年于佳木斯，公木作词、李焕之编曲）。这三大歌曲当中，老师您就占了两个，《中国人民解放军军歌》和《东方红》。军歌就是中国军人的一种军魂的象征，有军人的地方就有军歌响起，就有一种力量鼓舞着军人的志气。尤其在和平年代，哪里有部队，哪里就能听到嘹亮的军歌和看到军人的身影。在这里我举一个例子：在 2008 年 5 月 12 日 14 点 28 分四川汶川发生 8.0 级地震，短短的几个小时内，就有几万军队至几十万军队连夜从四面八方向地震灾区进发。漆黑一片冒着四五级的余震，在废墟上行进，随时都有生命危险，除了漆黑一片，还是一片漆黑，仿佛在死神中穿行，这时在地震灾区的大地上响起了一阵阵嘹亮的军歌，军魂凝聚起军人的战斗意志，如排山倒海般地向灾区进发！新中国成立之前后，恩师公木在东北创办了东北公学、东北大学、教育学院，这就是他对中国教育所做的贡献！

在辛集参加纪念公木老师 100 周年诞辰活动期间，参观了公木纪念馆，那一件件您生前用过的物品和书籍，如今都成了一件件文物摆放在我们的面前，仿佛让我们走进那段历史，与故人重逢……尤其是那一对我们去您家常坐的沙发，触景生情，看着看着泪水模糊了我的视线，就像回到了从前与您交往的岁月当中，仿佛还在听着您讲解着新诗……

这期间我与公木老师的子女们一同去了辛集市的烈士陵园，拜谒了张松如（公木）之墓，这如山似的石碑，耸立在天地之间，见证着您八十八年的人生岁月，像日月那样闪着一个诗人、学者、教育家光辉的一生，您一生都在用汗水与智慧谱写着"父母生身党给魂，骄阳霹雳炼精神"的人生历程。

您人生的历程是"向前、向前、向前！我们的队伍向太阳。脚踏着祖国的大地，背负着民族的希望，我们是一支不可战胜的力量"。仿佛我看见，您还像二十年前那样用今天的笔描绘习近平新时代的军魂：向前、向前、向前，完成统一祖国的大业！诗魂绕心间，军歌响耳畔。

后　记

　　《青春的感觉》这部诗集，是我在 1995 年年初编辑出来的，大部分作品都已在报刊发表。我当时一高兴就拿给了公木老师审阅，并求他为我写序。公木老师当即就答应了。1995 年 3 月 19 日，公木老师将他写的《生活·语言·感觉——读〈青春的感觉〉》序言手稿交给我。公木老师说："思宇，你回去看看序言，哪有不妥，你可修改。你从这本《青春的感觉》中选一组诗给我，我想把你的诗和序言，推荐给《诗刊》发表……"我接过公木老师为我写的序言，感动得无语了。刹那间，我觉得老师对我的诗太宽容了，后悔自己草率地把很多自己不满意的诗收进《青春的感觉》里，而且还让老师写序，老师真是太包容我……

　　等我静下心来，再仔细看我的《青春的感觉》里的诗，诗中的毛病真不少。其一，没有押韵的诗竟有二三十首；其二，诗中的辞藻重复很多；其三，有些词与词之间搭配显得生硬；其四，有些诗形象感不强，等等。于是我潜下心来逐首地做以修改，放弃了公木老师给我推荐的机会。从公木老师为我诗集作序到现在，一晃24年过去了，再读公木老师为我写的序言，泪不自觉地湿了眼窝。

《生活·语言·感觉——读〈青春的感觉〉》的序言是公木老师生前所写序言中唯一没有发表的文章。因为这篇序言的原稿在我手里，想想真是愧对老师对我培养的一片挚诚之心。

今年正赶上中华人民共和国成立七十周年华诞，长春市委宣传部为我市作家、诗人出版一套丛书，我有幸被纳入其中，也促使我再一次对《青春的感觉》里的诗做了进一步的修改和补充。这样，不满意的程度降低了一些，使我再度鼓起勇气拿出这部诗集与读者见面，以告慰公木老师的在天之灵，免去他老人家对我的这部诗集出版的挂念。公木老师在上，请受您的学生，思宇一拜！

其实，《青春的感觉》应算是我的第二部诗集。第一部诗集《快乐的青春》早在1988年年初去长春——吉林省作家协会《诗人》编辑部上班的路上丢失了。那时，家住九台，上班去长春。天天早上坐火车去，晚上坐火车回。那天我去上班，妻子要去长春买衣服，由于路上耽搁了一点时间，误了坐火车的点，眼看着火车从眼前驶过。上午只有一趟去长春的火车，无奈只好往回走。在路过电影院时，妻子建议看场电影。因为我与妻子从恋爱到结婚，一直没有看场电影，为了圆妻子的一个心愿，我拎着装有《快乐的青春》诗集的全部手稿的兜子进了电影院。在看电影的时候，兜子不慎被小偷给偷走了，这成了我终生的遗憾！

诗道念人心，人心言诗道，道在用心走，走进人的魂，魂与诗对话，话我的后记，记录我的心绪。

思 宇

2019 年 5 月 16 日